Miséria

Miséria

Dolores Reyes

Tradução de
Silvia Massimini Felix

Miseria © Dolores Reyes, 2023
c/o Indent Literary Agency
www.indentagency.com
© Moinhos, 2024.

Edição Nathan Matos
Assistente Editorial Aline Teixeira
Revisão Aline Teixeira e Nathan Matos
Diagramação Luís Otávio Ferreira
Capa Sérgio Ricardo

Dados Internacionais de Catalogação na Publicação (CIP) de acordo com ISBD

R456m Reyes, Dolores
Miséria / Dolores Reyes ; traduzido por Silvia Massimini Felix. - São Paulo : Editora Moinhos, 2024.
262 p. ; 14cm x 21cm.
ISBN: 978-65-5681-175-8
1. Literatura argentina. 2. Romance. I. Felix, Silvia Massimini. II. Título.
2024-3338
CDD 868.99323
CDU 821.134.2(82)-31

Elaborado por Vagner Rodolfo da Silva - CRB-8/9410
Índice para catálogo sistemático:
1. Literatura argentina : romance 868.99323
2. Literatura argentina : romance 821.134.2(82)-31

Todos os direitos desta edição reservados à Editora Moinhos
www.editoramoinhos.com.br
contato@editoramoinhos.com.br
Facebook.com/EditoraMoinhos
Twitter.com/EditoraMoinhos
Instagram.com/EditoraMoinhos

Acredito na prática e na filosofia do que convencionamos chamar de magia, no que devo chamar de evocação de espíritos, embora eu não saiba o que eles são; acredito no poder de criar ilusões mágicas, nas visões da verdade nas profundezas da mente quando os olhos estão fechados. E também acredito que as fronteiras da mente estão em constante mudança e que muitas mentes podem se fundir em uma, seria possível dizer, e criar ou revelar uma única mente, uma única energia... e que nossas recordações fazem parte de uma grande memória, a memória da própria Natureza.

W. B. Yeats

Quando o perigo cresce, também cresce o que salva.

F. Hölderlin

PRIMEIRA PARTE

1

Cometerra, aqui desaparece gente o tempo todo, aqui seu dom vale ouro. Não sei quantas vezes repeti isso. Não consigo ficar calada. Mas ela finge que não me ouve, se levanta e vai para o banheiro sem responder. Eu também me levanto, vou até a janela, abro a cortina e fico olhando para a rua. Não consigo me acostumar com os cartazes. Um atrás do outro, lutando pelos poucos pedaços de céu livre. Este não é apenas o shopping do subúrbio, estamos na capital nacional das videntes, mas nenhuma dessas charlatãs chega aos pés da Cometerra. Ela pode realmente ver. Escuto a descarga do vaso sanitário, a água escorrendo pela pia e, em seguida, o botão que apaga a luz. Quando a Cometerra sai e vem até mim, não consigo ficar de boca fechada e volto a dizer: Aqui você podia ser uma rainha, aqui seu dom vale ouro. Ela nem olha para mim. Continua se esquivando dos meus olhos e da minha língua. Vai pegar seu colchão, ajeita-o no chão, arruma o travesseiro e os lençóis e se deita para ver se consegue dormir. Nada é tão difícil para a Cometerra quanto seus sonhos.

Vou até ela, me agacho, lhe dou um beijo e aproveito para abraçá-la por um tempo. Ela pega minhas mãos, pressionando-as contra seu corpo. Brincamos uma com a outra e ela me faz cócegas. Eu me esforço para não estourar de rir. A Cometerra não quer que nos separemos até que ela adormeça. Tento tirar uma mão, puxo-a até que consigo, e depois a enfio por baixo da camiseta dela. Passo lentamente minhas unhas pelas suas costas até que ela fique quieta, feche os olhos e não os abra mais. Escuto sua respiração cada vez mais lenta e espero. Quando ela relaxa os braços, consigo me levantar. Procuro sem fazer barulho meu celular em cima da mesa, olho a hora e uso a lanterna para ir até o quarto e chegar à cama. Já passou da meia-noite e o Walter está dormindo faz algum tempo. Deito-me ao lado dele, perto o suficiente para que seu calor me aqueça. Já é noite e tudo ficou em silêncio. Antes de fechar os olhos, apoio as duas mãos na barriga. Se há uma coisa que a gente tem de sobra é tempo. Tenho dezesseis anos e meu filho nem nasceu. Podemos esperar pela Cometerra por todo o tempo do mundo.

2

Fui eu que escolhi, porque ir embora foi a única coisa que pude escolher em toda a minha vida.

Escolhi este lugar, o barulho, o movimento, as cores, mas também voltar ao perigo. Não sei o que havia mais: carros, trens ou pessoas. Walter, Miséria e eu descemos perto do terminal. Estávamos muito emocionados e com um pouco de medo, andamos tentando não esbarrar em ninguém. Embora estivesse começando a escurecer, não tínhamos olhos para ver lojas, comidas, barracas, roupas, cartazes, mas acima de tudo tanta gente junta. Seguimos em frente. Parecia impossível que alguém pudesse viver nesse formigueiro. Chegamos a essa porta, entramos. Havia a mesma luz que nasce agora e se infiltra, durante as primeiras horas da manhã, pela janela da cozinha. Abro a geladeira, vejo garrafas de um litro de cerveja, mas estou procurando algo menor. Abro uma das latinhas. Tomo o primeiro gole, encostada no balcão. Bebo atenta. Não quero que me vejam bebendo tão cedo. Olho para o quarto deles e volto para a cozinha. Nada se distingue por completo, mas nada pode se esconder sem sair de sua escuridão. Ali, naquela mancha escura, está o açucareiro de plástico. Essa sombra é a toalha transformada em uma maçaroca e deste lado, oposto, está a sombra que sou agora. Não tenho medo do escuro, só das pessoas. A luz ilumina o coração delas apenas do lado de fora.

Sinto o gosto da cerveja na boca descendo lentamente pela garganta até chegar ao estômago vazio, ela me percorre por dentro como um abraço gelado, o único da manhã. A qualquer momento, Miséria vai entrar na cozinha e me dizer para sair, para me animar: Você não sabe, mas aqui você pode ser uma rainha. Aqui, seu dom vale ouro.

Dou risada sozinha e despejo mais cerveja na boca. Para mim, chegar a este lugar foi como ir à Disney. Você quer música? Aqui tem. Quer roupas? Aqui tem. Quer um rango? Aqui tem. Quer ir para a farra? Aqui tem. Quer se perder para quem está te procurando? Aqui você pode se meter em uma viagem tão doida que ninguém nunca mais vai ver nem a ponta do seu cabelo.

A luz lá fora se torna mais poderosa, borrando a escuridão, até que amanhece. Como já sei que Miséria tem que sair, desgrudo meu corpo do balcão. Apoio a lata vazia e a afasto. Abandono a sombra das coisas de todos os dias quando o sol começa a desnudá-las. Saio da cozinha e passamos uma pela outra. Eu lhe digo para pôr a chaleira no fogo e ela faz apenas um gesto com a cabeça. Entro no banheiro. Empurro a porta com o pé, mas ela não fecha totalmente. Abro a torneira, junto água com as duas mãos e as aproximo do rosto. Água fria nos olhos, na boca, no nariz. Eu me olho no espelho para falar comigo mesma:

— Você dormiu? — pergunto, embora já saiba a resposta: algumas horas. Depois sonhei com ela de novo. Nunca tenho onde me esconder da Ana.

Na cozinha, ficou pão de ontem. Miséria o traz quando volta do trabalho porque àquela hora, na estação, vendem por dois pesos. Ouço que ela põe o pão na frigideira que usamos como torradeira. Vai tirá-lo quando seu cheiro começar a invadir o ambiente. Vai passar manteiga, doce de leite ou pôr um pedaço de presunto. Somos isso de novo, crianças que compartilham tudo.

Volto para a cozinha e ela me entrega um prato cheio. Pego uma fatia, mastigo e engulo apressada para dizer:

— Vou te acompanhar até a loja — mas ela faz que não com a cabeça.

— Não te perguntei — digo. — Quero ir com você.

Rimos e depois, de novo, ela dispara:

— Cometerra, você não sabe, mas você pode ser uma rainha aqui. Aqui desaparece gente o tempo todo. Aqui, seu dom vale ouro.

Estendo a mão e tapo a boca dela porque não quero mais ouvi-la dizer isso. Dou risada, devagar, e sinto Miséria sorrir também sob a palma da minha mão. Eu a tiro para ver seus dentes minúsculos e me aproximo dela. Dou-lhe um beijo e toco sua barriga.

— Está dormindo?

Miséria dá de ombros:

— Sei lá.

E me solta, irritada porque eu não quero mais comer terra nem por toda a grana do mundo.

— Fique aqui, hoje eu entro mais tarde, tenho que ir até o hospital — diz ela, e sai rápido da cozinha.

Quando ouço a porta fechar, a luz da manhã já invadiu toda a casa, mas a insônia flutua dentro de mim como uma nuvem. Caminho alguns passos até a geladeira para pegar outra cerveja e levá-la para o colchão.

3

— Como eu era antes?

A professora Ana baixa a cabeça como se quisesse se esconder. Depois do meu, o dela é o corpo que conheço melhor no mundo.

— Antes de quê? — ela diz, fechando a gola da camisa, como se algum segredo pudesse escapar por sua pele.

Eu não respondo *Ana, mas eu já te vi nua, aberta. O que você quer esconder de mim?* Em vez disso, pergunto:

— Como eu era antes de comer terra?

— Você sempre esteve na terra.

Ela responde, irritada, a primeira coisa que vem à mente. Me passa o mate. Nos sonhos eu não consigo mais beber, mas não quero que ela continue se aborrecendo, então aproximo a bombilha da boca e chupo com força. Passávamos horas naquele mate para voltarmos a estar juntas mais uma noite.

— Mas eu a tocava?

— Você tinha lápis. Eu te dava esses lápis na sala e você não largava deles.

Nós duas ficamos caladas, olhando para a cuia onde a erva começara a ficar velha.

— Você realmente não vai mais comer terra?

— Não consigo nem pensar nisso, Ana.

Estou bem assim.

— Agora preciso saber como eu era antes de comer terra, o Walter tinha menos de dez anos. Não tenho mais ninguém, só você.

Quero olhar em seus olhos procurando uma resposta, mas ela continua me evitando. Abre a boca e começa a falar, como se lhe pesasse muito:

— Você era selvagem. No recreio, tirava os sapatos e voltava pra sala cheia de terra e com os cabelos como se fossem plantas. Eu queria te dar bronca, mas você sorria pra mim e meu coração se derretia. Você nunca copiava nada. Quando se sentava pra desenhar, ficava ali, enfurnada na sua folha de papel como se fosse perfurá-la. O sinal tocava e todos saíam correndo e você continuava colada aos lápis como se fossem doces, tão metida naqueles desenhos que eu tinha que te sacudir e falar com você ao mesmo tempo: Aylén, vamos embora?

Eu me vi. Tinha nove anos de novo. Corria atravessando o pátio com os cabelos soltos em mechas grossas como cobras e ia até Florensia, inclinada sobre a pia do banheiro feminino. Sangrava e chamava só a mim.

— Aylén, vamos embora?

Pensei que de tanto sol ela tinha começado a verter sangue pelo nariz e estava tentando não sujar a roupa, mas não. Florensia punha a mão entre as pernas, deixava-a ali por um tempo, apertando, e a tirava para pô-la embaixo da torneira aberta. Tinha se sujado em torno dos punhos brancos do avental com o vermelho mais vivo que eu já tinha visto na vida. Fiquei com medo. Dentro da pia, cada gota levava segundos para se misturar com a água, para se abrir, como uma flor feita de pequenos coágulos se desfolhando para sempre pelo cano da escola.

— Minha barriga está doendo — dizia Florensia, e como eu não sabia o que fazer, acariciava seu cabelo.

— Aylén, vamos embora?

Cravo os olhos na professora Ana.

O que lhe passa para dizer meu nome em voz alta? Não sei por quê, mas isso deve ser perigoso.

Ana vira a cuia do mate, a erva cai no chão de um sonho que está prestes a acabar, mas antes diz:
— Eu sei o nome de todas vocês, o da Miséria também. É melhor você nunca esquecer de vir me ver.

4

Ai, Miséria. Bebê é igual Santa Rita: ele dá, mas também tira. Era isso que mamãe dizia nas poucas vezes que ficava séria e, como eu fui sua única bebê, sei que ela dizia isso por mim. O que é que ela estava tirando de nós, se não tínhamos quase nada, só as brincadeiras que íamos inventando? Nunca me atrevi a lhe perguntar, mas também fui embora por ter me desentendido com ela, que era a única família que eu tinha. Às vezes sinto tanta falta da minha mãe que dói lá no fundo da alma e agora, quando chega minha vez de abrir o corpo para uma criança sair, penso nela, se sentiu dor, se ela ainda se lembra de mim.

Você é muito magra, olha os ossos do teu quadril, diz a enfermeira do hospital enquanto anda na minha frente e sua bunda mal passa pelo corredorzinho que leva aos consultórios. Espero que isso não demore muito, porque não quero chegar tão tarde ao trabalho. Como não entramos as duas juntas, vou atrás. Ouço como ela se cansa de andar e falar ao mesmo tempo, mas não para. Tento não olhar para ela, mas não consigo ver nada além do seu corpo se movimentando como um terremoto de carne. De vez em quando ela se vira só para acabar comigo: Você é magra demais. Tem certeza de que está se alimentando bem? Minha mãe é tão magra quanto eu e no bairro a chamam de dona Elisa. Ela me teve quando tinha treze anos e, com quase trinta, não sabe que vai ser avó. *Dona Elisa, você vai ser vovó*, eu penso e tento imaginar sua cara quando ouvir a notícia.

Bebê é igual Santa Rita: ele dá, mas também tira.

A enfermeira ofega como se fosse um animal: Vai ser difícil. Conclui, e eu não sei como o pescoço dela, sendo tão gordo, pode girar assim. Ela se curva como uma cobra que acaba de engolir um inseto e seus olhos brilham de pura maldade. Vai ser difícil. Repete, mas não me assusta. Sinto muito que ela esteja transpirando. Levanto a cabeça, afasto os ombros para ver se assim meu corpo fica um pouco maior: sei que vou conseguir. Bebê é igual Santa Rita: ele dá, mas também tira.
Mãe, você ainda mora no nosso trailer? Mãe, aqui está tudo bem comigo. Tenho água, quarto, geladeira e amigos. A enfermeira pergunta por que eu não vim antes. Suspiro e não digo nada. Fala para eu preparar minha mala. Duas mudas de roupa para mim e outras duas para o bichinho. Camisola, escuto e dou risada; bichinho, como se meu bebê fosse um inseto, e começo a rir de novo. Nunca tive uma camisola e não vou gastar dinheiro com isso. Vou trazer uma camiseta do Walter que fica enorme em mim. Uma que bata na altura do meu joelho e tenha seu cheiro, de modo que seja como levá-lo aqui, comigo, agarrado à pele de nós dois. Minha mãe também não tinha camisolas. Ela me disse que quando voltamos do hospital, só nós duas, estava frio e, como eu não tinha nada para vestir, ela vasculhou o trailer procurando seu agasalho favorito. Pôs a peça no meio do colchão e me deitou devagar para ir me envolvendo por partes, com muito cuidado, pois eu era tão pequena que parecia que ia quebrar, e ela foi me enrolando várias vezes, primeiro com os braços do agasalho e depois com o resto do tecido, até me deixar apertada como uma trouxinha. Dizia que meu nariz continuava gelado, mas que nunca chorei. E assim, enrolada e grudadas, ela e eu ficamos juntas nos primeiros dias. Depois dizia que aos seis anos tinha vontade de me enrolar de novo, mas que não conseguia nem me pegar: eu corria pelo bairro como uma ratazana e não parava de falar: A língua,

Miséria, essa navalha que mora na tua boca, eu não consigo amarrar nem com todos os agasalhos do mundo. Quando eu lhe disse que ia morar com o Walter e a Cometerra, fazia anos que ela não repetia o lance da Santa Rita. Eu a vi ficar triste, mas de qualquer forma ela se levantou, me abraçou com muita força, me acompanhou até a saída e me deu sua bênção com um longo beijo na testa: Aonde quer que você vá, eu vou cuidar de você de longe, Miséria.

Uma mulher que eu não conheço diz meu nome e eu me aproximo de cabeça baixa, olhando o piso desgastado no chão do hospital. A última vez que vim ao médico, acho que tinha doze anos.

Bebê é igual Santa Rita: ele dá, mas também tira.

Entro no consultório vendo meus pés avançarem embaixo dessa barriga que não para de crescer e meu coração dispara. A médica fecha a porta atrás de mim. Espero que um dia eu veja minha mãe de novo.

5

Apesar de ter acordado faz um tempo, continuo de olhos fechados. Vejo garrafas, nomes, pupilas se recortando contra fundos sem luz, mas já não é algo mágico, é apenas o que todos chamam de recordar: nossa casa de antes, minhas plantas e, acima de tudo, minha terra de sempre. Não trouxemos quase nada do bairro. Até o abridor de garrafas e as toalhas se perderam para sempre. Este é um lugar de passagem, nenhum de nós nasceu aqui. Aqui ninguém nasce. Não temos nenhum terreno, mas uma entrada minúscula, algumas lajotas preenchidas com os vasos que Miséria se esforça para cuidar.

Não tenho motivo para me levantar da cama hoje.

Sinto falta de andar descalça, sentar-me em nossa terra, sentir que ela suporta meu corpo, passar a mão por cima dela, cheirar.

Ainda estou deitada. Também não tenho o que fazer. Mas nem tudo aqui é pior do que antes. Há também algo de bom: ninguém nunca me dirá ali descansa o corpo de sua mãe, esse é seu pai, ele matou; esta é a terra que te faz ver, experimente. Aqui ninguém me conhece, e isso é um tesouro para mim.

Miséria e Walter dizem que a casa que alugamos é muito linda. É preciso pagar o aluguel uma vez por mês, e é por isso que eles têm que ir trabalhar o dia todo e eu me sinto triste e mais solitária do que nunca. Uma mescla estranha de estar sozinha com os outros, porque agora também vivemos com Miséria e ela continua sendo um ímã para todos. Também para os novos. Desconfio deles. Prefiro o silêncio. Aqui, não tenho nem mesmo Ezequiel.

Toda vez que saio, entro em pânico achando que vou me perder, então não saio muito. Mas mesmo assim já estou começando a reconhecer as coisas. A terra deste lugar também anda me procurando, eu a ouço e a evito. Tento não pisar nela, troquei o barro pelas lajotas. Estamos quase sempre no alto, aqui tudo é apartamento, prédio, quarto com banheiro e cozinha.

Nosso espaço cheira a algo que não sei o que é. Às vezes sinto que estou me perdendo nesse cheiro gelado. Algumas gotas claras que saem das paredes nas noites frias e me deixam tonta. Fecho os olhos para escapar e me lembro do Walter comigo, nós dois pequenos, cortando as flores vermelhas da coroa-de-cristo com os dedos. Meu irmão e eu, juntos como sempre, ameaçados pelos espinhos. Um suco branco sai do corte. Abro os olhos, de novo o teto e as paredes cortam minha respiração. Sinto o mesmo cheiro do suco branco e não sei se é a coroa-de-cristo que enche os cantos de mofo ou se chega um veneno que ameaça rachar as paredes e nos atingir. E agora sim quero sair porque estou sufocando.

Minha boca está seca, me levanto para ir até a cozinha. A geladeira está vazia e eu morro de sede. Penso em ir comprar algo no chinês da esquina, mas de fora chega o som de uma ambulância e, logo em seguida, as sirenes altas de um par de carros de patrulha. As luzes rebotam nos vidros das janelas e cintilam em azul nas paredes. Hoje é melhor eu não sair, mas juro para mim mesma que amanhã eu saio.

Mesmo sabendo que não vou dormir, me jogo de volta no colchão. Sinto que é muito complicado abrir a porta para o mundo. Cubro a cabeça com o travesseiro.

Será suficiente o leite da Miséria para o bebê que está chegando? Ainda sou um animal sem nome e tenho medo.

6

Ando rápido porque estou feliz. Gostei de ir ao hospital, especialmente quando a médica me fez escutar os batimentos cardíacos do meu bebê no computador, altos como os tambores de uma orquestra.

Atravesso a rua e sinto o cheiro da comida que vendem na calçada, e a fome me dá um nó na barriga. Minha boca se enche de saliva e é pior, tudo se revolve no meu estômago vazio e sinto enjoo de novo. Preciso de algo doce. Quase chegando à loja há chipa, pães de queijo, queijo empanado, pão doce. Estou morrendo de vontade de um sacolé de pêssego, embora não possa chegar assim tão tarde ao trabalho, com os dedos melados e banhada em açúcar. Paro na frente de uma senhora com uma cesta enorme e peço duas chipas. A mulher olha para minha barriga, entrega-os a mim e eu os enfio na mochila. Uma para mim e outra para a Tina. Ando rápido para contar à minha amiga sobre o hospital.

Quando entro na loja, a Tina está de costas esvaziando caixas de velas no balcão principal. Eu me aproximo e sinto como se grudou ao seu corpo o cheiro dos proprietários que são como moscas e cortam, por causa de suas garrafas térmicas de café, o perfume de nossos defumadores. Você está atrasada. Diz um deles. Eu te avisei ontem. Ele nem me escuta. Acompanha o pedido que acabou de chegar. Quando termina, me olha atravessado: Você está atrasada. Algumas manhãs tenho vontade de que a loja pegue fogo e eu fique olhando enquanto seus milhões de velas derretem. Minha amiga continua abrindo caixas e recarregando as prateleiras para que se convertam em cédulas que nunca serão nossas. Como a Tina trabalha desde que aprendeu a ficar de pé, suas mãos foram envelhecendo. Se elas te tocam, são ásperas como as vozes das cantoras que ela gosta de ouvir: Thalía, Nathy Peluso, Gloria Trevi, Ayelén Baker e a Juli Laso quando canta *"Cara de Gitana"*. Desde o início nos demos bem. Entendi que, quando os donos saem, a Tina manda. E ela sempre me diz que gosta de estar comigo, mesmo que eu fale como um papagaio, porque lhe recordo o filho mais velho.

Posso falar? Ela me olha sério e faz que não a cabeça: os donos continuam irritados. O cabelo da Tina brilha como o das deusas da água na prateleira celestial. Gosto de vê-la fazer isso porque ela tem os dedos mais rápidos do mundo e nunca quebra nada. Como cheguei com duas horas e meia de atraso, ela deve estar repondo as mercadorias sozinha até agora. Os donos nunca se sujam, só contam dinheiro e dão esporro na gente. Largo a mochila e começo a repor a mercadoria com a Tina. Passo rapidamente o estilete na fita adesiva da parte de cima de uma caixa e aproveito o barulho para dizer baixinho:

Você estava certa, foi tão incrível. Posso falar? A Tina sorri e responde: Eu te disse, enquanto destripa uma caixa com o estilete. Mas me conte ao meio-dia, quando os chinos não puderem nos ouvir. Nada incomoda mais os donos do local do que serem chamados de chinos. Uma pequena vingança que a língua afiada da Tina confia a mim. Às vezes eu falo que ela me adotou e ela responde que, se eu fosse filha dela, não estaria grávida aos dezesseis anos.

Depois do meio-dia, o ritmo da loja diminui, as encomendas vão acabando e os proprietários contam dinheiro ou anotam pelo telefone os pedidos para o dia seguinte e nos deixam em paz. Enquanto nos sentamos no depósito para almoçar, repito: Posso falar? Pela ansiedade que me toma não consigo nem me sentar, então como de pé e rápido para ter o resto do tempo livre e lhe contar tudo, mas ela me interrompe. À noite é melhor, você vem na minha casa. E pisca para mim.

Ela ri enquanto mostra os dentes que trituram o sanduíche que comprou de um vendedor ambulante e eu fico contente calculando quanto tempo falta até a hora da saída. Você está de sutiã? Eu pergunto e ela diz que não, balançando os peitos. Isso que eu achei. O velho da avenida estava de olhos esbugalhados enquanto você o atendia. Digo com a boca cheia e agora nós duas rimos.

A Tina engole e, antes de morder de novo o pão com o tomate e o bife à milanesa, sugere de irmos até os chinos da esquina, quando sairmos, para comprar um sutiã. Se o mundo fosse como a Tina diz, seria um lugar onde todos são chinos, exceto nós duas. Eu mesma vou comprar um, também.

Olho para as enormes caixas à nossa volta, copal, sândalo, rosa, mirra, sete poderes. Fico tanto nesse lugar que quase não sinto mais o cheiro. A bandeja de plástico vai se esvaziando. Também a Coca-Cola que compartilhamos. Quando me lembro da chipa que tenho na mochila, algo se move dentro de mim. Alguns chutes suaves para me lembrar que, mesmo que eu não tenha lhe dado um nome, o bebê segue comigo. Tenho que comer para nós dois. A Tina terminou antes, aproveita e fala ao telefone. Meu filho mais velho, diz, apontando para dentro do celular com o dedo. E penso que nos conhecemos há quase um ano e, quando vou à casa dela, não há outro filho. Nunca soube por que ela o chama de mais velho se é o único que tem.

Faltam cinco ou seis horas para a loja fechar. Minha barriga parou de se movimentar por um tempo. Ao me ver séria, a Tina balança os peitos e pisca de novo para mim: Hoje você vai lá em casa. Pego o celular para ligar para o Walter e, assim que ele atende, eu digo: Posso falar?

7

Às vezes, a voz de Ana era muito doce. Em outras, quando eu fechava os olhos e conseguia dormir, ela abria a boca para gritar com toda a força. E foi assim que vi os primeiros golpes em seu corpo que me machucavam por dentro, uma parte que eu não achava que era carne, mas outra coisa, me doía até me fazer dobrar em duas. Eu começava a lutar para escapar do sonho, mas não conseguia acordar.

Uma noite, vi como os homens a machucavam e ela, agora, machucava a mim:

— Você, que nunca mais vai fazer nada, está nos abandonando, a Florensia e eu.

E me virava a cara. Eu esperava até que se acalmasse. Os caras tinham ido embora. Sozinhas, de novo, nós duas, eu ficava em silêncio, olhando para as mãos. Sem terra nas unhas, parecia-me que minha pele estava mais clara, como se pertencesse a outra pessoa, ou talvez, não queria nem pensar, como se fossem as mãos de uma morta.

— Eu nunca fazia nada. Só conseguia ver o que a terra queria me mostrar.

— Não seja tonta. A terra vive dentro de você, você sempre vai voltar.

Eu baixava a cabeça e estendia os dedos para olhar a pele nova, quase transparente, de que eu gostava muito. Ana não me deixava esquecer a terra. Assim como no início de uma tempestade, minhas próprias lágrimas iam caindo sobre mim. Eu sabia que Ana tinha razão.

Depois de um tempo ela ficava em silêncio, me observando de lado. Eu punha as mangas do moletom nos olhos para chorar um pouco mais, para afogar a tristeza de pensar em Ezequiel e na casa que havíamos tido que deixar fazia mais de um ano.

— Não chore mais, minha pequenina. Acha que vocês foram tão longe?

Eu não lhe respondia. Ficava assustada quando Ana começava a falar assim.

— Enxugue suas lágrimas. Logo, um policial vem te visitar e depois, mesmo que você não queira, os outros vêm também.

— Não seja assim. O Ezequiel não veio nunca.

Ana virava a cabeça com a chicotada de uma risada furiosa. Vermelhos seus olhos de fogo que ao se apagarem nos deixavam exaustas, como se tivéssemos fugido da minha casa de antes para essa cama de agora, aonde ela sempre volta para me visitar.

— Durma de novo, minha pequenina. Comigo, aqui, você está tranquila e eu estou viva.

Lá fora é outra coisa.

8

Acordo com a boca seca e muita dor de cabeça. Hoje tenho que sair à rua porque ficar trancada está me fazendo mal. A fome me obriga a olhar na geladeira para ver se alguém trouxe alguma coisa, mas não há nada além de algumas cervejas. Se eu começar a encher a cara desde cedo não vou fazer nada, então as deixo onde estão. Miséria não voltou desde ontem e Walter saiu há algumas horas.

A casa está em silêncio e eu tenho que decidir para onde vou, se começo procurando um mercado, um barzinho, algum lugar para ir dar uma volta. Enquanto levanto o colchão e guardo os cobertores e lençóis, penso: será que existe algum cemitério neste lugar? Adoro a ideia de começar por aí.

Ainda escuto as palavras da Ana rebotando na minha cabeça: Logo um policial vem te ver…

Como Ezequiel vai me encontrar se eu passo fechada aqui a maior parte do tempo? Talvez, entre os policiais que sempre param dos lados da ponte, haja companheiros dele. Talvez ele também tenha que ficar de guarda lá de vez em quando.

Vou até o quarto abrir a gaveta onde meu irmão guarda o dinheiro. Ele nunca arruma as notas, tira-as do bolso todas amarrotadas e as joga lá. Estico dois montinhos o máximo que posso, dobro as notas ao meio e pego-as para mim. A cama está toda bagunçada, as paredes estão nuas. Saio do quarto deles e no banheiro lavo o rosto e passo rímel, depois visto uma camiseta tão escura quanto a calça. Quando termino, pego as chaves e saio. O lugar onde moramos agora sempre parece funcionar em um ritmo diferente do meu. Eu me movo em câmera lenta e todos os outros estão com pressa, como se estivessem sendo esperados em outro lugar. Ninguém está me esperando hoje, então aproveito para olhar as grinaldas coloridas nas lojas. Metade delas tem coisas que eu nunca vi antes. De um lado há bancas de frutas, muitas delas são raras, nem sei como se chamam, e nas laterais há enormes sacos de estopa cheios de milho. Há amarelos, brancos e pretos, e uns menorzinhos, todos roxos. O milho multicolorido parece de brinquedo, com seus grãos saídos de um sonho em que algum garotinho os pintava com canetinhas, e abaixo, amontoadas em redes, umas batatas redondas e menores, com uma placa: batatas andinas. Na parte superior de cada loja, quadradinhos multicoloridos desenham bandeiras. Na entrada de um comércio, há uma virgem de vestido rosa e dourado segurando um Jesus muito pequeno. A faixa vermelha, amarela e verde a atravessa por completo, caindo desde o ombro até a bainha do vestido. Virgem de Copacabana, diz em letras brilhantes, e é tão bonita que não posso evitar ficar parada na frente dela por um tempo.

No comércio ao lado, peço um suco de laranja. A mulher puxa uma faca maior que minha cabeça para dividir cada fruta em duas. Então enfia uns cubos de gelo em um saco e os tritura com pauladas antes de colocá-los no copo. Espreme seis metades de laranja, derrama o suco e me dá.

Eu pago e, quando quero continuar, me deparo com mulheres enormes sentadas em mantas tecidas de pura cor e abertas diretamente na calçada. As pessoas que passam atropelando tudo se esquivam delas. Algumas estão com as costas apoiadas nas paredes dos comércios, o corpo ereto com os olhos apontados para a frente e nos pés uns bonecos que de longe parecem pessoas de barro, crianças dormindo ou mortas. O tempo acelerado do mercado desacelera em torno de seus corpos.

— O que é isso? — aponto. A vendedora e uma menina da minha idade ao lado dela me ignoram. Só piscam e me olham, sem voltar a falar. Do outro lado, uma mulher que parece ter todos os anos do mundo me responde:

— É o pão dos mortos.

Não consigo acreditar que aquilo que parece o corpo de uma criança morta seja apenas um pedaço de pão.

— É de comer?

As duas mulheres mais jovens suspiram aborrecidas e a velha, também sentada em uma manta de muitas cores, me explica:

— São pra pedir abundância. Aqui vocês não conhecem nada, é por isso que estão indo tão mal. — Ela inspira e vai lentamente soltando o ar.

Experimento o suco e sinto que ele cai no meu estômago vazio como se fosse ácido. Dou alguns passos em sua direção e ela afasta um pano para que eu possa vê-los. São oito, todos de olhos fechados e as bocas como se alguém tivesse costurado, tão cerradas que penso nas coisas que a professora Ana me diz à noite. Ninguém gosta de ouvir o que os mortos vêm dizer. Os braços das figuras estão presos a um corpo pequeno como o de um bebê e são tão marrons quanto as senhoras que cuidam deles. Fico calada e a mulher os cobre de novo. Quando me afasto, ela fala:

— É preciso fazer a oferenda.

A mulher segue meus movimentos com seus olhos pretos de mil rugas, enquanto as outras vendedores me olham com desprezo. Tenho vontade de falar com alguém e a única que quer me responder é ela. Eu lhe aceno com a mão livre e a mulher me devolve o gesto.

Faltam tantas horas para a Miséria e meu irmão chegarem que, se eu não quiser ficar sozinha o dia todo, tenho que continuar aqui fora e aguentar. No quarteirão seguinte fica a entrada do shopping, sempre me parece que há o dobro de pessoas na rua do que lá dentro, mas nunca entrei lá de verdade.

Miséria trabalha aqui nas redondezas, só teria que dobrar a esquina para chegar à sua loja. Qualquer um que trabalha com ela conhece o bairro melhor do que eu, mas não quero perturbá-la. Às vezes, quando a acompanho até a porta, vemos algum policial e ela atravessa a calçada e eu vou atrás, tentando não me afastar muito para ver se é Ezequiel, mas apesar de sempre haver policiais desse lado, Ezequiel nunca veio.

Neste último quarteirão antes da avenida, só o que vendem são celulares, tablets e roupas caras, e a música é tão alta que parece uma discoteca ao ar livre. Os que andam em grupo te atropelam e continuam mostrando uns aos outros o que acabaram de comprar, como se um Deus brilhante os estivesse chamando de dentro da tela. Todos riem e caminham em grupos de amigos, ocupando a calçada quase por completo.

A entrada do shopping, onde vendem sorvetes, reúne tantas pessoas que te obriga a se colar à parede para ir passando pelo lado até deixá-las para trás. Aqui não há bandeiras coloridas nem mantas, só lojas de roupa esportiva ou jeans skinny para ir dançar. Olho para a frente até onde posso. Os únicos que não avançam são os garotos que distribuem panfletos e, perto do fim, o cana que vigia a pizzaria da esquina, cada um cravado em seu lugar. O garoto dos panfletos estende os braços para cada um que passa. Aceito o papel.

— O cemitério? — pergunto alto, mas como ele está com fones de ouvido não me ouve. Eu fico parada, gesticulo, e ele puxa o fone de uma das orelhas. Repito a pergunta e o magrelo levanta o braço e diz:

— É do lado da província. Primeiro você atravessa a Rivadavia e os trilhos do trem, depois vira à esquerda até passar por baixo da ponte, anda um pouco e vai achar.

Em agradecimento, levo seu panfleto.

Quando chego ao semáforo, o sinal fica vermelho. Olho para o lado na ponta dos pés e lá estão os policiais que controlam sempre aquela esquina, mas há tanta gente que não consigo vê-los muito bem. O semáforo fica verde e, como me distraí, as pessoas atrás de mim me empurraram para descer a rua. Aguardo que eles passem e, quando sobram poucos, olho de novo. De longe, qualquer um deles poderia ser Ezequiel.

Gosto de procurar um cemitério que não conheço e descobrir que sempre esteve tão perto. Quero voltar a sentir a terra debaixo dos meus pés. Abro o panfleto, DINHEIRO VIVO, até 50 mil, um empréstimo ao seu alcance, faço uma bolinha do tamanho de uma bala e a jogo entre os trilhos. Todos correm para a estação, exceto os vendedores, parados no lugar. O resto passa com pressa. Sigo a direção dos seus corpos até a plataforma. Para onde esse trem vai levá-los? Quando termino de atravessar, a maioria das pessoas vem na direção contrária. Tenho que me esquivar delas. Aqui já não se ouve a música das casas de eletrônica, tudo é barulho de trens, de carros e do alto-falante que começou a anunciar que o trem está chegando.

Saio dos trilhos. Na esquina há uma loja de roupas com várias araras a ponto de explodir e montanhas de camisetas, moletons e calças empilhadas. Segue-se uma loja de bebês, com fraldas do chão ao teto e mamadeiras gigantes, todas cheias de presentes. Quando chego debaixo da ponte, a luz do dia desaparece de repente. Sem o sol faz um pouco de frio, e no chão molhado se imprimem pegadas de lama. Um após o outro, avançam os rostos dos que vêm na direção oposta. Uma criança comendo um cachorro-quente e uma mãe com o filho que quase batem de frente comigo. Apesar da sujeira e da escuridão, há bancas aqui também. Mesas montadas com um par de cavaletes e uma tábua de madeira com lenços, meias, brinquedos, baterias, carteiras. No final, há uma área onde nem os vendedores nem suas mercadorias chegam. Tudo acaba em uma enorme parede cinza. O percurso termina em um mural construído com centenas de papéis muito pequenos. Nem o sol se atreve a mexer com eles. Vou me aproximando, com o coração batendo assustado. Nunca vi tantos rostos de mulheres juntos. Milhões de olhos pretos como sementes lançadas ao ar com uma última esperança de trazê-las de volta à vida: Meninas VIP. Estou sozinha no meu apto. Nancy, estamos te procurando. Irma, curandeira ancestral. Taís e Lucy, travessas. Irmã Irma, vidente. Julia, vista pela última vez em 5 de abril de 2018. Juana, estava usando calça jeans e um suéter roxo. Cindy, leio sua sorte. Onde você está, Mica? Ainda estou te esperando. Betty, a mais doce da estação. Estrela, leio suas mãos. Faço magia branca e negra. María, desapareceu no bairro Floresta.

Imagino meu rosto ali, uma a mais dentre milhares delas, e um arrepio percorre meu corpo. Tenho vontade de vomitar na parede onde todas somos desaparecidas, putas ou videntes. Lembro-me da voz de Miséria: Aqui desaparece gente o tempo todo. Aqui, seu dom vale ouro, e eu o odeio. Se a cidade é isso, não gosto nada dela. Alguém me empurra por trás e me leva para mais perto da parede. Estou tão colada a ela que mal consigo estender a mão para acariciar os papeizinhos, alguns estão muito altos e é impossível alcançá-los mesmo com o último de meus dedos. Olho para as meninas tentando me lembrar delas, mas são tantas que não vou conseguir memorizar mais do que um punhadinho. Isso me deixa muito triste. Não quero mais continuar. Vou vir outro dia, por enquanto basta saber que a entrada do cemitério está bem à minha frente. Corro para casa, esbarro com algumas pessoas até me juntar aos que vão para a estação, tento não olhar para ninguém, mas, acima de tudo, tento não deixar ninguém olhar para mim.

Atravesso os trilhos e desta vez não há sinais do trem. Continuo até a avenida, os carros passam furiosos e eu me apresso para não ser atropelada. Um pouco mais adiante, há um cana de costas. Vou me aproximando, hipnotizada: a altura é a mesma; também os braços, os cabelos, a largura das costas dentro do uniforme, tudo é calcado no corpo de Ezequiel.

O mundo para.

É difícil para mim respirar, o ar se transforma em uma pasta densa. Chego perto o suficiente para apoiar a mão em seu ombro e o cana se vira. Mas é apenas mais um policial. Fico calada, sou uma menina que olha para ele como se fosse um fantasma e tenho vontade de chorar.

Deixo a entrada do shopping para trás o mais rápido que posso para chegar ao bloco das bancas de legumes. Tento conter as lágrimas, mas só de pensar em Ezequiel fico triste. A senhora da banca de pães ainda está lá.

— Eu sabia que você ia voltar.

E com uma das mãos desdobra sua manta despindo meia dúzia de figuras humanas. Primeiro descarto os bebês, depois os homens, só restam duas mulheres que têm tranças de pão e bocas vermelhas que brilham na massa meio dourada. São lindas. Escolho uma que não se parece com ninguém, nem com minha mãe, nem com Ana, nem com Florensia, apenas uma forma de mulher que me sirva para todas. Quando a levanto, fico espantada por ser tão leve.

— Agora você tem que me pagar.

Eu tiro todas as notas do bolso e as entrego para ela. Ela sorri para mim devagar, sem dentes, desarmando-se, como se também fosse feita de massa macia, um pão onde os mortos se sentem felizes em nos visitar.

— Amanhã é o dia dos seus mortos.

Diz isso com alegria, como se agora tivesse decidido me contar um segredo terrível e bonito ao mesmo tempo.

É então que resolvo perguntar a ela:

— E a oferenda? Como é?

9

Já passa das onze da manhã e nem o Walter nem a Cometerra estão me atendendo. Ainda bem que não estou ligando para dizer que o bebê está vindo. Sorrio para a Tina, que mal abriu os olhos e já está se levantando. Ponho o celular em cima de uma almofada e, enquanto enfio um chiclete na boca, ouço: Miséria, você tem que tomar um café da manhã de verdade. Nada de chiclete. Pego o celular de novo. A Tina me observa digitar e tenta me distrair. Diz que está na hora de ir comprar roupa para o bebê porque eu ainda não tenho nada, mas hoje é domingo, nossa loja e todas as outras estão fechadas.

Ontem não cheguei nem até a cama. Fiquei aqui, entre a montanha de almofadas e o colchonete que minha amiga tem para ver TV. Eu também estou começando a me parecer com uma almofada gigante. Ela me disse que estávamos vendo um filme de terror e que por um tempo parei de falar como um papagaio, e isso lhe pareceu muito estranho, e ela foi se aproximando devagar até ver que eu tinha adormecido, e que então ela desligou a TV e só deixou uma luz fraca para quando o seu José voltasse. Mas o José ainda não voltou, né? Pensei imediatamente que teria sido melhor ficar calada.

Você dormiu como uma criança. Nossos chinos são capazes de querer abrir até de domingo. A Tina responde, mudando de assunto. Sorte a nossa que aos domingos esta área é um deserto.

A Tina se levanta, serve-se de um copo com muito suco e apenas um chorinho de vodca enquanto me pergunta se eu quero alguma coisa, e vai até o quarto do filho. Eu lhe digo que ainda não estou com fome e que o chiclete me tira o enjoo da manhã. Na parede há uma tapeçaria tecida com lã em muitas cores. O fundo é verde e tem muitas plantas e árvores que se misturam ao redor do corpo de uma menina de pele laranja fluorescente que está segurando algo na mão. Tem cabelos escuros e avança como se fosse sair da trama que termina em centenas de franjas. Sobre seu corpo há um pássaro enorme de asas abertas, não sei se está protegendo-a de algo ou se é um pássaro que sai dela. Suas asas são de penas azuis e roxas e sua cabeça está de perfil, exibindo com orgulho um bico laranja como se fosse uma coroa. Ao lado da tapeçaria há uma foto da Tina quando ela era como eu, sorrindo com um bebê no colo. Daqui também posso ver as fotos na parede da cozinha, há uma da Tina, enorme e em preto e branco, com três crianças que não sorriem e fazem a risada da minha amiga parecer ainda maior. A Tina sempre teve uns dentes feitos para rir, mesmo que seus olhos estejam tristes. Por mais que a foto não seja colorida, posso adivinhar o batom vermelho na sua boca. Minha amiga está muito feliz, mas sinto que algo está errado com ela. Tina, eu quero comprar roupas de bebê. Vamos amanhã? Ela não me ouve. Está enfiada no quarto do José fingindo que arruma. Pega algo do chão, e seu rosto muda como se uma nuvem escura tivesse cruzado sua cabeça. Em seguida, olha entre os lençóis e embaixo do travesseiro. Deixa tudo de cabeça para baixo, mal escondendo seu desespero. Faz a cama com um cobertor de lã tão colorido quanto a tapeçaria na parede. Posso imaginar o número de mãos que devem ter trabalhado para fazê-la e por um segundo me lembro da minha mãe no inverno, suas mãos tentando deixar minha cama quente. A Tina aproveita para mexer no colchão e continuar fuçando. Quando termina, aproxima-se da varanda. De passagem, deixa o copo vazio sobre a mesa e depois empurra a porta de vidro para sair e acender um cigarro e, enquanto fuma, fala comigo com raiva, como se quisesse xingar: Se eu soubesse que o José não vinha, teria te levado pra cama dele. Não gosto que você, grávida desse jeito, fique dormindo em qualquer lugar. Seu filho é pequeno e ontem foi sábado. Eu me espreguiço e estico as pernas porque dormi enrolada. Você já deve ter esquecido o que fazia na idade dele. Tampouco agora ela me responde. Fuma seu cigarro em um silêncio que me parece eterno, e eu aproveito para mandar uma mensagem para o Walter de novo. Quando começo a deixar uma mensagem de voz para a Cometerra também, a Tina, cada vez mais irritada, me interrompe. Fala que à tarde, quando ligou, o José ainda estava em casa e não disse que ia sair. Eu a escuto e sei que ela está mais preocupada do que qualquer outra coisa, tento distraí-la e repito: Quero comprar umas roupinhas de bebê. Vamos amanhã? E agora minha amiga sopra a fumaça do cigarro e depois entra e fecha a porta de vidro e me diz que sim, os bebês nascem com alguns graus a menos e é por isso que você tem que pôr mais roupa neles nos primeiros dias. Então me conta que quando o José nasceu estava mais frio do que nunca. Era junho, sabe? Também vou te mostrar como pôr o bebê no berço para que seu corpo e espírito permaneçam unidos. Berço, você já tem? Eu digo que não, e a Tina revira os olhos e agarra a cabeça com as duas mãos. Aí ela diz que com certeza eu também não sei tricotar, e eu nem respondo. Acho que o Walter e eu estamos falhando em um monte de coisas e quero muito falar com ele, mas olho para o celular e nada.

Estou com sede e a Tina não tem mate e estou morrendo de vontade de tomar um pouco, tanto que penso em sair para comprar uma cuia, mas também precisaria de uma bombilha e da erva, e daí já é um bom dinheiro. Além disso, como o José ainda não apareceu, a Tina está sofrendo e eu não quero deixá-la sozinha nem sequer o tempinho que eu levaria para ir comprar. Tento ligar para o Walter, mas assim que ponho o celular no ouvido, a caixa-postal dispara. Começo a falar ao telefone, mas o barulho no final da mensagem me corta imediatamente. Meu estômago se agita e eu mastigo o chiclete a toda a velocidade para trazer de volta o sabor de fruta. Assim que o José voltar, vou para casa ver o que eles estão fazendo.

Tento conversar com a Tina, mas ela me responde tudo com desânimo, apenas com um sim ou não. Faço várias perguntas mas ela nem sequer me responde. Olho pela janela do apartamento e nas ruas há um quarto dos carros de sempre. Aos domingos tudo parece mais cinzento. Apenas algumas pessoas nas calçadas. Como vão em grupos, devem ser adolescentes que voltam de dançar ou de tomar uma bebida. Penso o quanto sinto falta de tudo isso e falo para minha amiga pôr uma cúmbia e fazer uns sucos. A Tina me dá atenção, liga o aparelho e vai para a cozinha. Alguns minutos depois, seu filho entra, tentando não fazer barulho. Quando ele me vê, fica feliz. A gente se olha como se já fôssemos amigos e ele se aproxima, me cumprimenta com um beijo e, apesar de não ter pregado o olho a noite toda, fica ali. Minha amiga ainda está na cozinha e os lamentos da música triste que ela pôs não a deixam ouvir nada, ela canta imitando a voz de uma apaixonada que acaba de ser abandonada e descasca frutas. Seu filho e eu a escutamos e rimos baixinho. Desde o momento em que ele passou pela porta eu vi o chupão roxo no seu pescoço, é mais escuro do que os que o Walter às vezes faz em mim, porque o filho da Tina tem a pele cor de chocolate como a dela. Ele me diz que se chama Yose e puxa um banquinho e se senta, como se quisesse esticar a noite comigo e com a Tina. Eu olho para ele e gosto, cheira a um perfume doce que se desprende da jaqueta bordô que ele usa sobre uma camisa preta com detalhes de lantejoulas que ele deve ter bordado. Ainda tem rímel nos cílios e glitter nas pálpebras. Parece o cara mais legal do mundo. Quando a Tina sai da cozinha e o vê, seu rosto muda. Abandona as frutas e vem na nossa direção como um tornado, desliga a música puxando o fio. Nem se lembra dos sucos que acabou de fazer. Os olhos de Yose se voltam para a mãe: José Luís, pode-se saber onde você estava? Levanto-me e digo-lhes que vou embora, mas eles nem me ouvem. Também não me respondem e eu vou até a cozinha para deixá-los sozinhos. Sirvo-me um copo de suco e bebo devagar, tomando cuidado para não engolir o chiclete. Dois copos com muitos pedaços de frutas estão abandonados no balcão, o gelo começa a derreter enquanto a Tina e seu filho gritam sem parar um com o outro. Termino o suco porque estou morrendo de sede, o chiclete perdeu um pouco de sabor e novamente a mistura de frutas me alivia o estômago. Lembro quando minha mãe me dizia para não engolir os chicletes porque iam grudar dentro da minha barriga e eu ficava imaginando um punhado de chicletes velhos aferrados ao meu estômago como carrapatos cinzentos.

Abro a torneira, lavo o copo e deixo de cabeça para baixo no escorredor, fazendo hora para ver se os dois se acalmam de uma vez por todas. Mas quando saio, o filho da Tina continua gritando: Além disso, meu nome é Yose, não José. O José Luis morreu, entenda de uma vez por todas. E bate a porta. Me aproximo da minha amiga para abraçá-la e que se acalme um pouco e ela aceita o abraço por alguns minutos e depois me diz: Meu filho é assim, mas não importa. Você não se atreva a ir embora sem experimentar meu suco. Voltamos à cozinha. Meu copo acaba sendo uma salada de frutas com um pouco de gelo. Mas o de Tina é quase todo suco, e ela agora despeja dois longos jatos de vodca dentro dele. A gente bebe sem música porque minha amiga ainda está irritada, diz que o filho é outro agora que sai para a farra de sexta a domingo e, depois, não faz nada além de dormir ou se trancar no quarto grudado no computador. Enquanto ela fala, chamo a Cometerra no celular. Também não responde agora, e eu deixo uma mensagem de voz para ela. Come o quê? A Tina não espera que eu responda. Volta a dizer que de sexta a domingo o José Luís fica sem dormir e agora ainda por cima está com isso de mudar de nome. Enquanto mastigo um pedaço de fruta tão ácida que tenho certeza de que nunca provei antes, ouço seus lamentos. A Tina não para de reclamar do garoto e eu tento defendê-lo e fazer minha amiga entender que ele está saindo do mesmo jeito que todos os moleques da idade dele, mas ela fica cada vez mais irritada. Depois do primeiro trago, prepara outro no qual nem sequer põe uma fruta. É só gelo e suco, cheio de álcool até a tampa. Ela continua falando tão alto que tenho medo de que Yose a esteja ouvindo. Olho para o telefone de novo, Cometerra não me respondeu e as reclamações da Tina começam a encher minha cabeça: A gente não está com todos os documentos em dia pra ele sair assim o tempo todo, e ainda por cima com a cara toda pintada. Se acontece alguma coisa com o José Luís, eu nem ia conseguiria procurá-lo. Muitos jovens desaparecem por aqui, quem prestaria atenção em nós? Eu bocejo, e não sei se é de cansaço ou para falar de outra coisa, penso na Cometerra e digo a ela: Minha amiga costumava trabalhar nisso antes de a gente vir pra cá. Como assim? A Tina fala rápido: Você sabe o que é procurar um filho sem ter os documentos? Isso de buscar gente. E ela era a melhor buscadora que existe, encontrava todo mundo. A Tina não fala mais, por um momento esquece sua raiva. Até sua voz muda: O quê? É isso que a menina que mora com você faz? No começo eu adoro que pela primeira vez na manhã ela pense em outra coisa, e para que continue prestando atenção em mim eu digo que sim, que ela é um gênio, que era a melhor do bairro e até a rota vinha pedir para ela procurar pessoas. A Tina me encara e parece que pensa que estou mentindo para ela. Mas seu rosto se ilumina como se tivesse visto um fantasma, ela abaixa rápido o copo: O que ela faz pra encontrar as pessoas?

    E eu, que nunca pensei que ela fosse me perguntar isso, mal consigo levantar os ombros e baixá-los com cara de e eu sei lá, mas Tina me pega rápido pelo braço: Agora você vai me contar.

10

Mas se aqui está cheio de videntes por todos os lados. Todas umas embusteiras, a Tina despreza com tanta firmeza que parece que já as consultou uma por uma. Mas você está dizendo que sua amiga realmente os encontra. Até você me dizer o que essa menina faz, você não vai embora. A Tina agora tem um rosto que eu nunca vi antes, e isso me assusta. Ela fica apertando meu braço e eu não consigo me mexer: Ela come terra e os vê. Então ela me solta e fixa os olhos na parede onde ela mesma, jovem, sorri das fotos com várias criancinhas ao redor. Já está viajando. Repete: Ouvi você chamá-la de Cometerra. E tudo na cara dela está me acusando. E percebo agora como inventei pra minha cabeça. Vai ser impossível que ela esqueça isso. Sai da cozinha como uma sonâmbula e eu a ouço correr a porta de vidro da varanda para voltar voando com uma planta espantosa que me obriga a segurar.

Bebe o resto do copo e prepara outro, puro álcool e gelo. Volta com a corda toda. Vomita uma cascata de razões pelas quais a Cometerra tem que engolir terra de novo. Não sei se vai chorar ou me pedir aos gritos quando me fala pela primeira vez sobre os filhinhos que lhe faltam. Meus filhos perdidos, ela repete e aponta para a parede o tempo todo. Nunca, em todo esse ano que a conheço, eu a vi assim transtornada e pela primeira vez fico sem palavras. Sei que, não importa o que eu diga, é tarde demais.

A Tina não para de derramar umas lágrimas pequeninas que, à medida que descem pela lateral dos seus olhos, se desgastam até desaparecer. Me faz tão mal vê-la assim que abro a boca para dizer algo que gostaria que ela entendesse, porque é a verdade: Mas Tina, desde que viemos pra cá, minha amiga não quer saber mais de terra. Nem se eu tivesse dado um tapa nela a teria deixado tão louca. Parece possuída e fica repetindo: Ela tem que fazer isso. Essa menina tem que comer terra só mais uma vez. Só uma. Saber o que aconteceu com meus filhos é o suficiente pra mim. Abre e fecha a geladeira, toda nervosa. Os tragos se tornam muitos mais e eu me sinto sequestrada.

Tenho vontade de sair correndo, mas preciso de alguém que abra a porta lá de baixo. Yose ainda está trancado dentro do quarto e, apesar do barulho que fazemos, ele nem aparece.

Olho nos olhos da Tina, tento sorrir para ela: Vou falar com ela hoje. Ponho a planta ao lado do meu copo e começo a arrumar as poucas coisas que tenho nos bolsos para que minha amiga entenda que estou indo embora, e ela me olha com os olhos disparando raios. Amiga, já entendi o que isso significa para você. Hoje vou levar a planta pra Cometerra e lhe contar tudo.

A Tina não faz um único movimento para me deixar sair, muito menos para me acompanhar até lá embaixo. Aí eu pego a planta de novo, como se gostasse: Vou levar de presente e tenho certeza de que a Cometerra diz que sim. A Tina me explica que é uma arruda. Como se fosse algo superimportante e, apesar de não ter a mínima ideia, faço que sim com a cabeça, que entendi tudo, mas que agora estou indo embora. Os olhos da Tina se apagam um pouco, parece que um diabo dentro dela a está soltando para deixá-la descansar, mas ainda não consigo me mexer. Vejo como ela faz um grande esforço para se acalmar e voltar a ser a Tina de sempre. E aí, sim, dou o primeiro passo com medo e depois os outros, saio da cozinha e ela vem atrás de mim. Descemos no elevador por um tempo que me parece eterno porque não consigo parar de sentir o cheiro dessa planta de merda que me dá vontade de vomitar.

Trocamos beijos na calçada. Sabemos que aconteça o que acontecer amanhã temos de nos ver no trabalho. O chiclete na minha boca perdeu o gosto para sempre. Sinto que está se desmanchando e descendo dentro de mim e penso no meu bebê engolindo aquela porcaria. Coloco a planta no chão e o tiro da boca, transformo-o em uma bolinha e estico o braço para grudá-lo na parede. Mas vejo que no porteiro eletrônico alguém escreveu YOSELIN TE AMO ao lado da campainha da Tina e sorrio, ponho o chiclete entre os dedos até formar um coraçãozinho, de um cinza rosado, e grudo ao lado da frase.

Quando saio para a rua, uma bicicleta passa na minha frente a toda a velocidade, é uma menina que dirige sem as mãos porque está ajustando os fones de ouvido. Tenho medo de que ela me derrube. Tem mais ou menos minha idade e, quando nos cruzamos, ela fica olhando para a minha barriga. Assim que meu bebê crescer, vou pedir ao Walter que nos ensine a andar de bicicleta.

Tento me apressar. Estou preocupada pensando em como a Cometerra vai ficar quando eu contar tudo para ela. Assim como a Tina amanhã, quando nos encontrarmos de novo. Por que nunca consigo ficar de boca fechada? Estou chegando na esquina e tudo o que vejo são crianças de bicicleta. Ponho a planta no chão para tirar a chave do bolso. Melhor deixar o vaso ali fora. Mas pensar no rosto irritado da Tina faz com que o ponha atrás da porta. Lá dentro, só se ouve o zumbido da geladeira, como uma mosca voando. Sinto que saí há uma semana, mas só passou um dia. Vou para o quarto pensando que não há ninguém em casa, mas encontro a Cometerra dormindo como se ainda fosse de manhã. Ao lado dela, há várias latas de cerveja vazias. Sento-me, ainda sinto o cheiro da planta e me dá náuseas. Penso na confusão em que me meti e tenho vontade de chorar. Olho para a Cometerra, acaricio sua cabeça e tiro os cabelos do seu rosto. Lembro-me de novo da minha mãe dizendo: Ai, Miséria, deixa de ser tão tagarela. Você tem que aprender a pensar antes de abrir a boca. Olho para o celular, são três da tarde. Estou com fome e não quero comer sozinha. Sacudo a Cometerra novamente, mas ela continua dormindo. Deve ter passado a noite inteira sozinha, acordada e dando voltas pela casa. A Cometerra não abre os olhos e eu agarro seu braço com mais força e ela nem se move, mas dentro de mim o bebê começa a chutar. Na geladeira tem hambúrguer e Coca-Cola, no fim o único que me acompanha é meu bebê. Vou cozinhar para nós dois.

11

Passar um dia dormindo não é nada, mas acordar no início da noite é uma das piores coisas que podem te acontecer na vida. Queria me deitar por um tempinho e dormi por doze horas seguidas. Como Miséria está ao meu lado, tento não fazer barulho para que ela não acorde também. O cômodo vai absorvendo os sons e os traz até mim, como se fossem as pulsações de um mundo que também descansa. Agora que todos estão dormindo, menos eu, é lindo ouvir a música da escuridão salpicada de respiração e sonhos. Fico colada a Miséria por um tempo. Sei que alguém mora dentro dela, ouvindo-a tento ouvir os dois. Seu peito se move para cima, deixando o ar entrar, e para baixo, fazendo com que ele saia pouco a pouco, me afastando daquilo que cresce dentro dela como um segredo. Levanto-me, com cuidado para não balançar a cama, e saio do quarto. Meu irmão está deitado no meu colchão. A culpa é minha que ele não pôde usar a cama dele. Vou até a claridade que entra pela janela, imaginando que é a lua brilhando lá fora, mas quando chego ao vidro nem sequer se vê o céu. São as luzes dos infinitos cartazes que devoravam tudo e engoliram até as estrelas. Às vezes sinto falta delas quase tanto quanto sinto falta da terra. Estamos em cima do concreto, sempre longe do chão, mas também não conseguimos ver o céu. Me olho no vidro da janela como se fosse um espelho e parece que não descansei nada. Tenho olheiras assustadoras sob os olhos e não sei quando meu cabelo cresceu desse jeito. Eu me viro e vejo o pão dos mortos na mesa, abandonado. Seus olhos estão fechados como os do Walter, mas estar dormindo não é o mesmo que estar morto. Tive sorte que nenhum deles quis comê-lo.

— Você tem que fazer a oferenda — a voz da mulher da feira ordena dentro da minha cabeça, e eu sei que deveria tê-la preparado horas atrás. Sento-me à mesa para pensar: O que eu quero dos mortos para incomodá-los? Ao lado do pão há uma forma de gelo vazia. Miséria usou-a para tomar Coca-Cola e não a reabasteceu. Há dois pequenos quadrados com água de gelo derretido. Uma pequena mosca se afogou em um deles e agora está flutuando. Algo me incomoda. Os cubos de gelo são para o Fernet, a Coca é para o Fernet e não para ser esquecida na mesa. Como é a única forma de gelo que temos, sei que não há mais gelo na geladeira. Ligo a torneira e a coloco embaixo do jato. Ela fica cheia e eu a viro para que esvazie. Enxaguo a parte de trás e, quando está limpa, preencho com água.

— Você tem que dar as comidas e bebidas preferidas do mortinho.

Tomando cuidado para que não tombe, abro a porta do congelador, enfio a forma e fecho. Fernet sem gelo é apenas um remédio para a barriga. Tenho que esperar algumas horas até que os cubos se formem. Felizmente há uma Coca-Cola fechada. A última coisa que eu quero agora é um Fernet sem gás.

— Quem você quer honrar? Com qual dos seus mortos você quer falar esta noite?

— Com minha mãe — eu digo, e isso me dá vontade de chorar. Eu me esforço para não deixar nem uma lágrima escapar. Hoje é noite de festa neste bairro e eu não quero perdê-la. Preciso acreditar em todos os nossos vizinhos, que posso ouvir sua voz novamente.

Saio da cozinha e me aproximo do pão dos mortos. A oferenda continua vazia porque ainda não coloquei nada dentro dela.

— Você tem que prometer à defuntinha. Se quiser, peça dinheiro. Se quiser, peça fartura. Se você falar com ela de coração, ela vai ouvir.

Olho à minha volta. Não temos nada das coisas de que minha mãe gostava. Como ela morreu quando eu tinha sete anos, sou obrigada a me lembrar sempre da mesma coisa. Os animais de vidro que se perderam todos, nossos aniversários, as plantas que ia pondo no terreno e que nunca pararam de crescer, a praça aonde ela levou Walter e eu pela última vez.

Naquela manhã que passamos juntos, mamãe nos acordou e disse para nos vestirmos. Éramos crianças, ainda dormíamos no mesmo quarto, ao lado do dela e do velho. Ela amarrou meus cadarços, mas queria que eu aprendesse a amarrá-los sozinha, caso ela não estivesse por perto.

Eu ria.

— Aonde você vai?

E ela também me mostrava os dentes mais lindos do mundo. Mesmo tendo crostas de sangue seco ao lado da boca, seu riso era o sol.

— Em lugar nenhum, Aylén, eu nunca vou embora.

Mamãe tinha nos acordado para nos contar algo e tínhamos que sair de casa, não importava o que acontecesse.

— A bola — Walter tinha dito.

E mamãe e eu estávamos esperando por Walter do lado de fora do portão, até que ele saiu com a bola na mão. Caminhamos devagar, pois ela disse que tinha caído no banheiro e sua perna estava doendo, e não mais as crostas de sangue ao redor do seu lábio inchado. Um passo dela eram dois passos meus e eu andava atrás dela, imitando-a, pisando em cima das suas pegadas, tomada pela curiosidade do que ela queria nos contar.

Na praça não havia outros brinquedos além de uns balanços com correntes grossas. Walter e eu nos deitávamos de bruços, nossas barrigas pressionadas contra a madeira de um vermelho descascado, e dávamos voltas, enroscando-nos. À medida que se enredavam, as correntes iam ficando cada vez mais curtas, até que, com o último empurrão, o balanço nos levantava do chão e sentíamos a sacudida quando ele começava a girar para o lado oposto, a toda a velocidade. Eu via a terra girar debaixo de mim e adorava. Às vezes acabava tão tonta que caía no chão rindo, e Walter olhava para mim lá de cima, como só um irmão mais velho faz, e segurava firme nas correntes, para ficar com os dois pés juntos na madeira do seu balanço e se empurrar para a frente e para trás. Meu irmão dobrava os joelhos e os esticava novamente, até que não os dobrava mais, e sim começava a dar impulso com toda a força das pernas. Parecia que ele e seu balanço iam dar a volta completa. E eu adorava vê-lo tão grande, porque ali, do chão da praça, Walter estendido sobre seu balanço parecia estar voando.

Mas naquela manhã meu irmão só queria chutar a bola, e a mamãe, que tinha caído no banheiro fazia alguns dias, dizia que não, que não podia, que a perna doía, que a gente tinha saído para conversar, que ela ia nos contar alguma coisa, que depois ia brincar, nós três íamos brincar. Mas papai não, papai não brincava, papai não brincava mais. Era sobre isso que ela queria falar conosco. Que ela queria que papai saísse de casa para sempre.

— Crianças, eu não caí no banheiro — disse ela, e eu fiquei muito quieta, como se estivesse morta. Mas Walter não. Ele chutava com raiva para não escutar. Uma bola seria o mesmo que uma árvore ou uma gangorra. — Esta noite vou dizer a ele que quero que vá embora, quero que ele nos deixe em paz.

Walter continuava correndo atrás da bola como se na verdade um demônio estivesse o empurrando.

E eu tinha ficado parada, com os punhos cerrados como duas pedras.

— Amarre os cadarços, Aylén, você tem que aprender a fazer sozinha. E se eu não estivesse aqui?

E eu continuava imóvel como as estátuas na praça, observando a explosão de sangue ao redor de sua boca, tentando entender. E a escutava, como sempre, apaixonada por minha mãe.

Walter e eu éramos pequenos e ela me parecia grande, mas de pé diante da oferenda vazia sobre a mesa, o pão de olhos fechados, a massa calada, agora que ainda estamos crescendo e mamãe faz tempo que parou de crescer, ela me parece tão pequena quanto nós naquela praça onde estávamos, pela última vez, nós três juntos.

Volto à oferenda e falo com ela:

— Mamãe, sou eu, a Aylén, está me ouvindo? Faz doze anos que amarro meus cadarços sozinha.

Sinto meus olhos me traindo, o ardor das lágrimas que não deixo escapar. Aperto a mandíbula e me calo. Pela tristeza que sinto, parece-me que não vou conseguir fazer a oferenda.

— Você tem que falar com ela feliz. A oferenda tem que ser todas as coisas que a mortinha gostava, juntas.

Feliz? A oferenda vazia me envergonha. Levanto-me para voltar a entrar sem fazer barulho no quarto. Miséria dorme e procuro o baseado que não terminei ontem. Quando o encontro, percebo que é só uma bituca. O Walter deve ter mais, mas eu não posso vasculhar as gavetas, só abro uma, a gaveta onde ele guarda uma foto da mamãe, tiro sem vê-la no escuro porque a conheço de cor. Pego a bituca e saio.

— Se quiser, peça riquezas. Abundâncias pra você. Pense bem, talvez as coisas que você acha que te faltam são as que você tem de sobra.

Vou para a cozinha. A caixa de fósforos está vazia, fico com raiva por não terem jogado no lixo e a lanço no cesto. Ao lado de um fogão há um isqueiro. Acendo a bituca. Inalo uma fumaça doce e dou uma tragada querendo que leve a tristeza para longe de mim. Aguardo um pouco e não estou mais com tanta raiva. Volto a tragar a fumaça doce e nem preciso fechar os olhos.

Agora mamãe me balança enquanto Walter continua com sua maldita bola.

Agora eu rio e voo sentindo, ao descer, as mãos da minha mãe nas costas. Agora, as mesmas mãos que me seguraram no caminho para a praça me empurram para que eu possa voar.

Agora estou no alto, esticando as pernas o máximo que posso. Meus cadarços voam e meu cabelo fica solto enquanto sinto o vento soprando em meu rosto.

Dou uma tragada profunda na bituca que está terminando de queimar. Trago a fumaça. Nem sei mais no que estou pensando.

Pego dois copos idênticos e preparo dois Fernets usando tudo o que resta da Coca. Abro o congelador e tiro dois cubos de gelo para cada copo. Eu me inclino para trás no balcão para beber meu Fernet e agora sim estou feliz. Eu rio sozinha, na minha cabeça e no fundo do meu coração, mamãe ainda está comigo e me faz voar. Quando termino a bebida, abro a gaveta de talheres e tiro o pacote de velas. Saio da cozinha e apoio o copo e empurro-o até a metade da mesa.

Vejo que ao lado da porta há uma planta. Eu a pego e coloco na mesa também. Tento fazer com que a imagem da mamãe fique de frente para o Fernet. Como ela cai para a frente, volto a ajeitá-la, de pé, contra o copo cheio. Ponho uma música da Gilda e deixo o celular na mesa.

— Se você pedir bem, ela vai te dar. Você terá um ano rico, um ano de prosperidade.

Olho nos olhos adormecidos do meu pão dos mortos e digo:

— Mãe, peço que me escute... — e minha voz fica entrecortada.

Não sei rezar. Não sei as orações das igrejas, nem mesmo os conjuros que as curandeiras murmuram.

Será que a mamãe ainda se lembra de mim? Doze anos é muito tempo. Morrer é ainda mais tempo. Procuro-a de novo na foto. Saí de seu corpo aberto como a escuridão da noite se abre quando me mostra coisas. Penso em Miséria se arriscando a isso, tendo de se preocupar com um filho para sempre, tanto que nem mesmo morta o filho não para de encher o saco.

Na foto, seu suéter azul, macio como a barriga de um gato, que deve ter se perdido assim como ela, seus longos cabelos que ainda vivem em mim, os olhos escuros que parecem me acariciar, me empurrando de novo, até me fazerem voar.

— Mãe, sou eu, a Aylén... — A chama da vela se move para o lado como se o vento estivesse entrando na casa. Até a respiração do mundo parece ter se apagado para espiar o que minha mãe e eu vamos dizer uma à outra.

Estou aqui. Invento minhas próprias palavras para falar com os mortos. A luz gélida na janela se apaga e as das velas crescem, tornam-se enormes, brilham como se as estrelas fossem criaturas da noite que abandonaram o céu para fazer oferendas. E eu sei, agora, que mamãe me ouve.

— Mãe, sou eu, a Aylén. Te peço que o filho do Walter e da Miséria nasça bem.

12

Para evitar a Tina, pedi os únicos três dias de folga desde que comecei a trabalhar na loja. Liguei para os donos, disse que me sentia mal, que estava tendo aquelas contrações de que todo mundo fala, e que ia faltar até quinta-feira. Durante três dias me deixaram em paz. Chinos, teria dito a Tina quando me falaram no dia seguinte que, para continuar faltando, eu tinha que ir ao hospital e levar-lhes um atestado. Mas não fui à loja nem ao médico e hoje é o quinto dia que não fui trabalhar. O Walter ri porque não sabe nada sobre a Tina, seus filhos e a planta sem flores que ela me obrigou a trazer. Só acha que estou de manhã ficando o dia todo em casa, e ele acha ótimo. Esse tempo sem ir à loja foi o mais lindo do mundo. Não consigo ficar me esquivando das mensagens no celular: ou vou ao médico ou vou trabalhar e enfrentar a Tina.

O Walter vem, acaricia minha barriga e me dá um beijo, a semana toda ele esteve saindo tarde. Quer comprar uma moto para a primavera porque nós três vamos poder andar nela. As horas em que estou com ele voam. Agora ele se levanta e se afasta da cama, nem vestiu a cueca e vê-lo nu procurando suas coisas enche minha boca de saliva. Eu daria tudo para ele ficar comigo a manhã inteira assim desse jeito. Ele se vira e sorri para mim. Sei que não tem ideia do que estou pensando. Ele se veste a toda a velocidade e, antes de sair, vem e me dá um selinho e eu não o deixo ir embora. Mesmo já estando todo vestido, toco seu pau por cima da calça e o selinho se transforma em beijo, em língua, em carícia.

Mas o Walter me interrompe, diz que à noite continuamos, que agora ele tem que ir. Não tenho escolha a não ser me mexer também. Vestir-me e sair para pegar um atestado com algum médico.

O hospital está cheio até a tampa. Assim que entro, dou de cara com três fileiras intermináveis, uma diz HORÁRIO MARCADO e é tão comprida que se enrola como um caracol. Eu entro na do meio, parece ter o dobro de gente, e um sujeito com cara de quem quer ir para casa atende ao lado de um papel branco que diz SEM HORÁRIO MARCADO em letras pretas. Depois, há um homem mais velho que vende doces caramelizados e do outro lado uma velhinha que oferece pãezinhos de presunto e queijo, revistas de palavras cruzadas e canetas. A fileira seguinte ultrapassa um pouco o balcão e sua placa diz RETORNO, as pessoas estão sentadas no chão, algumas dormem acomodando a cabeça no colo dos outros, vê-se que ainda não começaram a atender. Não duro um minuto sendo a última da minha fila porque imediatamente duas meninas chegam e fazem fila atrás de mim. Uma se apoia na outra e mantém um pé no ar. De vez em quando, a mais alta a beija na testa e ela avança sem pôr o pé no chão. Eu olho para elas pelo canto do olho porque não quero perturbá-las. Morro de vontade de conversar com alguém e algo nas duas realmente me atrai. A mais alta é tão jovem quanto eu e a mais baixa deve ser apenas alguns anos mais velha. Gosto de como elas se cuidam. Não me animo a dizer nada a elas, então me viro e as deixo em paz por um tempo. Quando o bebê nascer, vou ter alguém para conversar o dia todo.

A fila avança, depois de ficar uma hora ali de pé perdi a vontade de tudo. Eu gostaria de voltar para a minha cama e que o Walter estivesse lá, tão nu como ele estava de manhã, mas não posso perder o emprego agora e estou quase chegando lá. Olho para o grandalhão que está ao lado do balcão principal com sua barraca de doces caramelizados. Gosto de vê-lo com suas mãos enormes colocando dentro de sacos transparentes uma concha cheia de doces. O cheiro dos confeitos caramelizados na hora vai direto para o meu estômago e o bebê se mexe. Imagino-o estendendo as mãozinhas para um saco de balas caramelizadas. Volto a avançar e não há ninguém à minha frente. Chego ao balcão, dou bom dia ao sujeito e depois minto: Estou com contrações. O cara vira algumas páginas sobre sua pasta: Você precisa de uma consulta obstétrica. Seu documento?

E eu, que não faço ideia do que ele está dizendo, apenas faço que sim com a cabeça e dou meu RG. Ele copia algo em sua pasta e me devolve com uma folha de papel, e imediatamente chama o próximo. Vejo a menina avançando com um pé apoiada na sua amiga. Ambas têm cabelos escuros e as franjas coloridas. A que está mancando é bem mais baixinha e a franja faz com que ela pareça uma menininha.

Olho para o meu papel e leio CONSULTA OBSTÉTRICA nº 24 Consultório 16 e, como não sei onde é, fico parada e nós três nos olhamos novamente. A baixinha sorri e um par de covinhas aparece nas suas bochechas, a alta a abraça séria. O cara levanta um braço e diz: Aquele corredor ali, você atravessa a sala e continua até o fim. Veja os números na porta de cada consultório.

Eu aceno para as meninas e elas respondem juntas, como se tivessem chegado a um acordo. Saio e, ao caminhar, leio o papel novamente. O número 24 aparece dentro de um círculo e abaixo dele está um carimbo que quase não tem tinta e diz o nome do hospital. Quando chego lá quero me sentar, mas só há dois bancos cheios de grávidas. As outras, como eu, esperam de pé.

Quando chega minha vez, o cara nem cumprimenta, só pergunta: Nome, sobrenome e o que anda acontecendo e volto a mentir sobre as contrações. Como você sabe que são contrações? Este é o seu primeiro filho? Diga-me o que você está sentindo. Quero sair correndo e nunca mais voltar, mas respiro fundo e respondo: Sinto minha barriga ficando dura e empurrando para baixo. Isso é muito comum. Seu corpo está se preparando para o parto. Teve sangramento? Eu digo que não. Você está perdendo o tampão? Mais uma vez respondo que não tenho muita certeza, porque não estou perdendo isso nem nada, embora não saiba de que tampão ele está falando e isso começa a me preocupar. Bem, então falta algum tempo, garota. Vamos ver os ultrassons. Eu falo para ele que ainda não fiz nenhum e o cara fica bravo: Que desastre! Entram no último trimestre e não têm um único ultrassom. E como sabemos que seu filho não tem duas cabeças? Eu nem respondo a ele de tanta raiva. O cara também nem faz questão de me ouvir. Só ele fala: Inscreva-se no curso de psicoprofilaxia e faça todos esses exames que eu vou te passar sem demora. Pego o papel e o dobro sem ler nada. As contrações são um ensaio que seu corpo faz para o parto, felizmente ele está muito mais consciente de tudo do que você. Ser mãe não é só trepar, garota. Ele diz isso com uma cara tão dura que não consigo reagir. Estou confusa. Quero perguntar coisas, mas não a esse cara. Dá vontade de mandá-lo à merda. Aguento e peço que ele me dê um atestado para o trabalho explicando que hoje tive que faltar para vir. A gente não dá atestado pelas consultas. Responde com a maior má vontade do mundo. E eu insisto para que pelo menos ele me escreva em um pedaço de papel que eu vim ao hospital hoje ou vou ficar sem emprego, mas ele já não me ouve. Levanta-se e me acompanha até a porta, me dá os papéis dos exames e diz: Peça na entrada.

Como a ala obstétrica está muito atrás, ando quase todo o hospital até chegar à entrada novamente. Além da fila que eu peguei, há uma que deve ter mais gente do que as outras duas juntas e diz RETORNO. Esse hospital me deixa com raiva. Como não quero ficar mais duas horas parada, vou pedir pro Walter ou pra Cometerra para virem e pegarem meu atestado. Antes de sair, acho que vejo a médica que me atendeu da primeira vez, o mesmo cabelo, a mesma cor de jaleco, a mesma altura, uma médica que me ouviu desde o momento em que entrei no consultório até eu sair. Eu a sigo. Quero pedir-lhe que cuide de mim quando o bebê chegar. Eu me apresso e a alcanço, me aproximo dela, chamo-a de doutora e ela se vira. Não é ela: Você precisa de alguma coisa? Quem você procura? Como eu achava que não poderia ser uma médica diferente, nem sei mais o que dizer. Estou procurando a médica da última vez. Como não me lembro de mais nada, digo que ela é uma médica que atende a gravidez, tão alta quanto ela e jovem e que seu sorriso... E lá fico, enquanto a cara daquela médica abrindo a porta do consultório aparece na minha cabeça. Mas a mulher responde: Há mais de quinze obstetras neste hospital. Eu me afasto como se estivesse andando nas nuvens. E se, quando eu vier ter o bebê, for atendida pelo mesmo cara de hoje? Sinto um calafrio enorme e pela primeira vez acontece o que me contaram, minha barriga fica dura como se fosse uma pedra. Sinto mais medo do que nunca. Não quero que o médico de plantão me veja nua ou toque no meu bebê. Aguardo alguns minutos e, quando minha barriga volta a relaxar, me apresso até voltar ao enorme salão da entrada. Os sanduíches gigantes de presunto e queijo vendidos pela velha senhora das palavras cruzadas me deixam com fome e, embora minha barriga tenha voltado a ficar mole, estou triste e tão assustada que nem consigo perguntar quanto custam. Tenho as guias para fazer exames e o que me deram quando cheguei para que fosse para a ala obstétrica. Os chinos vão ter que se virar com isso.

Do lado de fora estão as duas meninas de cabelos arco-íris, a baixinha tem um sanduíche na mão, parte em dois e dá metade para a mais alta. Elas se beijam, se abraçam e quando saem parecem um único corpo com três pernas, enquanto alguém dentro de mim me chuta forte me lembrando que ainda não comeu hoje. Amanhã, sábado, vou voltar para a loja e enfrentar a Tina, ela é a única das minhas amigas que já teve filhos e consigo pensar em mil perguntas para fazer a ela.

Mesmo que eu não tenha conseguido cumprir a única coisa que ela me pediu: não me animei a dizer nada pra Cometerra porque ela ia ficar brava comigo. Minha barriga fica dura de novo, eu a agarro como se pudesse cair e começo a andar os quarteirões que me restam até a casa.

13

— Você cheira a cera queimada, Aylén. Por que está incomodando outros mortos?
— Você sabe o que está acontecendo, Ana. Vamos ter um bebê.
— Nem todos os corpos querem ser desenterrados. Há lembranças dos que se foram que só querem descansar. — Ana me olha com raiva, e eu mantenho o olhar firme. — Além disso, a Miséria e o seu irmão vão ter um bebê. Você não tem nada a ver com isso.
— Não seja assim, Ana, estamos todos esperando esse bebê.
Ela ainda continua com a mesma raiva e não fala comigo por um tempo. Não entendo por que isso a deixa tão irritada.
Aperto a mandíbula e levanto a cabeça. Mamãe ainda não veio nem falou comigo, e só esta noite é dos mortos. Ana ainda está aqui e eu tento explicar:
— Estou cansada de tanta gente morrendo. Está na hora de alguém nascer.
— É melhor você se certificar de que a Miséria não tenha medo de você e não queira que você toque no bebê nunca mais — responde Ana sem sequer pestanejar.

14

Querem atestados? Aí está. Dou tudo para o dono da loja e ele nem tenta ler os garranchos que o médico escreveu em cada um. É por isso que eles me encheram tanto? Eu trouxe os papéis e agora eles não entendem. O dono olha para as datas e diz coisas para a mulher na sua língua, ambos irritados. Agora que tirei um peso enorme dos ombros, vou para o meu lugar sem dar tempo para eles responderem. A Tina nem acena com a cabeça. Nunca a vi tão séria.

Acho que ela está brava comigo e nunca mais vai me dirigir a palavra, então começo a trabalhar bem calada, mas depois de um tempo ela vem por trás e fala baixinho: Você fez muito bem, Miséria. Os chinos não podem te mandar embora com uma barriga dessas. Nós duas repomos defumadores nas prateleiras sem parar, porque aos sábados vem mais gente do que nunca. Quando terminamos, a Tina me fala para ir com ela ao depósito e montar os pedidos: Ok, mas primeiro vou de novo até o banheiro pra fazer xixi. Tenho que te contar uma coisa. A Tina se faz de misteriosa. O banheiro da loja é tão pequeno que para entrar eu tenho que abrir a porta, que bate na privada, o máximo que eu posso e enfiar o corpo, acomodando a barriga um pouco de lado. Minha amiga me espera aos pés da escada e descemos para o depósito com uma folha que o dono lhe deu. Quero te contar uma coisa. Ela insiste e eu respiro fundo enquanto me sento no último degrau, como fazemos na hora do almoço, me preparando para o pior. A Tina está supercontente: Arranjei um namorado. Ah, vá! Como assim?... Vejo os dentes da Tina formando o sorriso do qual senti falta por uma semana inteira enquanto ela vasculha dentro dos bolsos. Espera, vou te mostrar uma foto. Enquanto isso, vou montando os pedidos ou os donos vão nos matar.

A Tina me entrega a lista, toca nos bolsos e diz: Que estranho! Será que eu deixei lá em cima? Teu namorado? Não, pô, o celular. Deixa de ser engraçadinha. Ela responde e faz uma cara tão séria que parece que ficar sem celular é o pior problema do mundo. Transpira, apalpando os bolsos como se o telefone fosse aparecer ali só de mexer os dedos nervosos. Você quer o meu? Não serve. Não lembro dos números, preciso do meu celular. Peço para ela dar um tempo, que eu vou montar o segundo pedido e que ela pode subir com eles para entregá-los para os rapazes das motos e ver se o celular ficou lá em cima ou algo assim. A Tina não me responde mais. Nós duas nos calamos sobre a mesma coisa: se o celular foi deixado nas prateleiras de incensos, com todas as pessoas que vieram esta manhã, nunca mais o veremos. Dez minutos depois, a Tina sobe cheia de pacotes e fico trabalhando no depósito. Ela leva muito tempo para descer e, olhando para o seu rosto, nem é preciso perguntar nada. Fiquei reabastecendo as prateleiras. Diz com dois hambúrgueres e um pacote de batatas fritas na mão. Nos sentamos uma ao lado da outra no último degrau. Começo pelas batatas. Estão deliciosas, embora tenham muito sal e eu imediatamente fico com uma sede de morrer. E o que você quer? Os chinos nem compram mais Coca pra nós. Eles devem querer que a gente beba água da privada. A Tina está com um humor do cão.

Quando termino, chupo os restos de óleo das mãos. Mal posso esperar para tomar uma bebida e passo a ela meu hambúrguer sem tocar nele. Você olhou bem? Sim, querida, virei todo o lugar de cabeça pra baixo. Além disso, esses chinos querem fechar às cinco e nos manter aqui fazendo reposição e inventário por mais duas horas. São como Apu, repito pela centésima

vez e a Tina arregala os olhos: Quem? Apu... Você não vê Os Simpsons? Ah, aqueles todos amarelos, o José passa tardes inteiras assistindo. Escuta aqui, Tina. Não vi você pegar o celular a manhã toda. Tem certeza de que trouxe?
  Ela fica pensando. Não, certeza não tem. Também não se lembra de tê-lo usado antes. A última vez foi na casa dela, antes de vir. Olho para o meu celular: ainda é uma e meia. Há uma mensagem de voz do Walter que vou ouvir depois. Levanto-me e digo à Tina que posso buscar o celular dela e seus olhos ficam brilhando. Ela também se levanta e, embora não possa deixar de ficar animada, me pergunta como eu vou fazer, que os chinos não vão me deixar sair assim. Você não disse que, com essa minha barriga, eles não podem me mandar embora? Eu saio por um tempo pra ver se marco um exame e vou pegar o celular pra você. E ainda é hora do almoço e não estamos fazendo nada. A Tina e eu ficamos muito contentes, sinto que assim ela vai esquecer a Cometerra e a planta e vai poder me perdoar. Ela põe a mão no bolso de trás da calça jeans, mas se interrompe. Seu rosto muda como se algo a estivesse preocupando novamente e, em vez de me dar as chaves, ela cora: O apartamento não está vazio. O José está lá. É melhor tocar a campainha e pedir pra ele descer e abrir a porta. Pra mim, a Tina está preocupada que Yose possa estar com algum bofe. Subo as escadas e me aproximo do balcão onde os donos estão almoçando um ensopado estranho em pratos de isopor. Meus papéis estão ao lado da caixa, embaixo de um elefante cheio de espelhos coloridos. Aponto para o copo de Coca que partilham e eles me servem um pouco em um copo minúsculo, também feito de isopor. Tomo em um segundo e embaralho meus papéis com a outra mão. Pego o que está no topo porque é o que tem mais letras escritas e não se consegue entender nada. RETORNO, digo como explicando.

Eles param de comer e me olham surpresos, sem responder nada, e eu, com o papel na mão. RETORNO, volto já. E saio da loja. Ando o mais rápido que posso, felizmente hoje minha barriga está dormindo. Vou quase rezando para que Yose não esteja enrabichado com ninguém, para que ele abra a porta rápido para mim. Aos sábados tem tanta gente fazendo compras que eu tenho de me esquivar para poder continuar andando. Chegando à esquina, uma mina se choca comigo. Estou quase xingando quando percebo que é a Cometerra, que olha para mim sem entender nada. O que você está fazendo aqui?! Não! O que você está fazendo, Miséria?! Você saiu antes?

A Cometerra não está feliz em me ver, e isso me parece estranho. Saí pra dar um recado pra Tina. E você, o que está fazendo? Ela não me responde. Muda de assunto. Pra sua amiga Justina? Sim, um negócio pra ela. Respondo sem querer explicar mais nada. Observe que a rua está cheia de pessoas e você vem a mil. Meu irmão saiu faz um tempo procurando por você. E isso? Pergunta, apontando o papel. Só um pedido de exame. Digo atenta à porta da loja que fica a poucos metros. Se a Tina me vê com a Cometerra, e tão perto, vai ser um perrengue.

Você pode ir no hospital marcar um exame pra mim depois? Sim, pode deixar. Ela pega o papel das minhas mãos, me dá um beijo e sai na direção da feira. Deve estar metida em algo que não quer me contar. Estou com pressa, então viro para o outro lado também e vou correndo até o prédio da Tina. Para que ninguém esbarre em mim de novo, ponho os punhos cerrados na frente da barriga como se fossem um escudo.

15

Parece que Miséria não se dá conta de que o bebê já vai nascer. Devia ter ficado em casa preparando as coisas. Ainda nem compraram as fraldas. Nunca os ouvi dizer como o bebê vai se chamar. Enquanto ando procurando a única pessoa que conheço aqui para ver se pode nos ajudar, penso que meu irmão também não esquenta com nada. Quando ele veio procurar Miséria em casa, agora há pouco, falei que ontem sonhei que a estávamos levando para o hospital e tudo era tão sinistro e ele nem reagiu. Continuou como se eu estivesse falando sobre o filho de outra pessoa. Nem se preocupou quando eu lhe disse que, dormindo, tinha visto Miséria no hospital vestida com uma camisola de velha, que não parava de chorar e que nas mãos, que ela levantava e sacudia desesperada, querendo me dizer algo que não saía de sua boca, não havia nenhum bebê.

16

O interfone da Tina não diz mais Yoselin te amo, nem tem meu chiclete grudado nele. Pensei que as palavras de amor duravam muito tempo, mas essas se apagaram ou alguém as fez desaparecer. Toco a campainha: Oi, é a Miséria, amiga da sua mãe. Mas não consigo falar mais nada: Estou descendo. Ele responde tão rápido que me faz acreditar que, quando a Tina não está, todo mundo pode entrar no seu apartamento. Alguns minutos se passam e da calçada ouço Yose batendo a porta ao sair do elevador. Quando ele me dá um beijo, vem junto um cheiro de maconha tão forte que me dá vontade de fumar. Subimos o elevador, Yose, minha barriga e eu o ocupamos inteiro. Me sinto estranha, fora do lugar. O filho da Tina está em outra sintonia, me abraça e diz várias vezes: Que bom que você veio! Minha mãe não está.

Não tenho ideia do que se passa na sua cabeça, mas é como se eu fosse sua amiga de toda a vida e eu gosto disso. Chegamos. Diz ele e abre a porta do elevador como se estivéssemos entrando em uma discoteca: a música invade o corredor. Algo me faz olhar para trás: uma viagem no início do ano passado, quando eu ia de festa em festa e não precisava trabalhar. Sinto falta do meu corpo de antes da gravidez. Entro de supetão no apartamento tomado por uma dúzia de moleques. É aniversário da Neri. Yose explica e depois fala com eles: A Miséria chegou. E vários deles me cumprimentam com seus baseados acesos. Eu devolvo os cumprimentos. Também não posso beber. No sofá onde a Tina dorme há cinco moleques sentados. Um deles tem dreadlocks, e em alguns dos fios brilham aros de prata, adornos de linhas e berloques. Bem no meio estão as duas meninas do hospital, volto a olhar para elas com suas mechas coloridas enquanto se acariciam chapadas. A mais baixinha agora tem um gesso no pé e o menino de dreadlocks começa a desenhar nele com canetinhas. Outros dois estão sentados nos apoios de braços sem dizer nada, um deles fuma enquanto observa a fumaça subir até o teto. Como não posso fumar, me consolo inalando um pouco de fumaça.

Da cozinha vem o cheiro de comida fresca, molho de tomate ou algum ensopado. Talvez a Tina tenha deixado o celular carregando lá na cozinha, que também está cheia de gente. Entro e uma menina baixinha e meiga, com pele cor de café com leite, me oferece um prato de arroz. Eu pego e dá vontade de não voltar mais para a loja o dia todo. O nome da menina é Liz e ela não me oferece tempero picante por causa da minha barriga. Enquanto eu como o ensopado de arroz e legumes, que está muito bom, continuo procurando o celular com os olhos, mas, em vez de encontrá-lo, meus olhos se voltam para as fotos da Tina e dos seus bebês. Conto muitos bebês. Acho que não pode ser. Quantos filhinhos perdidos minha amiga tem?

Volto. A molecada dança cúmbia. Na parede, a menina alaranjada que tem algo nas mãos continua embaixo do pássaro que abre as asas sobre ela. Não sei se é a fumaça que inalei, mas hoje acho que o que ela está carregando nas mãos é terra. Quando parece que ninguém mais pode entrar, a campainha toca de novo. Yose desce para abrir. Os outros não param de falar, dançam, se abraçam, trocam pratos, copos e latas entre si. Deve haver mais de quinze celulares. Como vou encontrar o da Tina?

A Liz me pergunta se eu quero mais ensopado e eu digo que não, que está muito gostoso, mas que eu vim porque preciso do celular da mãe de Yose para algo importante. Ela vai até o sofá e diz às duas meninas algo que eu não consigo ouvir. Nerina, que está comemorando seu aniversário, balança a cabeça, mas a menina baixinha se levanta, sorri para mim me mostrando as covinhas nas bochechas, e começa a pular em uma perna até chegar a Yose: Yoselin, teu celular? Yose se desgruda do cara que acabou de chegar e olha para ela, encolhendo os ombros para dizer que não tem nem ideia. Então, ela volta para se juntar à amiga que ainda está no sofá, sentada de lado e com as pernas estendidas em cima das outras. Está tão doida quanto Yose. Neri, seu celular? Ela aponta para a mesa e a amiga vem pulando com o gesso no ar, até que no meio de todos os copos, xícaras e latas vazios ela levanta um celular com capinha roxa, desenha uma casinha em sua tela para desbloqueá-la e vasculha os contatos, até parar em um que diz Dona Justina e liga. Não se ouve nada. A música continua superalta e a Liz chega com um bolo recheado com doce de leite. Parabéns pra você, Nerina, parabéns pra você! A garota aproveita que todas as luzes foram apagadas para chamar de novo o número da Tina. No chão, ao lado do sofá, ainda preso ao carregador, a tela azul do celular da minha amiga se acende. Despeço-me de todos, a maioria me dá um abraço e as meninas de cabelos coloridos me pedem para levantar um pouco a camiseta, tocam minha barriga juntas e a beijam: Bem-vindo a este mundo. A mais baixinha me diz que se chama Lula e me passa uma fatia de bolo. Yose me acompanha até lá embaixo. Não precisa me pedir para não contar nada para a sua velha, mas ele me pede mesmo assim e eu vou para a loja com o celular da Tina em uma das mãos e uma fatia de bolo na outra. Quando chego, tento escondê-lo dos donos que me veem entrar com sua pior cara de cu. Os olhos da Tina brilham. Enquanto abre caixas de incenso com um estilete, termino de comer e limpo o doce de leite do canto da boca. Que é isso? Um desejo doce, eu respondo, e não sei se é por causa do açúcar ou o quê, mas o pirralho dentro da minha barriga não para de se sacudir e chutar. Hoje estamos felizes. A Tina abandona o estilete, liga o celular, sorri e me mostra a tela: Meu namorado, tá vendo?

17

Vem correndo de frente, enquanto eu ando pela rua para me adiantar às pessoas que fazem fila na calçada. Ela se enfia entre os vendedores e continua dando voltas, enlouquecida. Tem pelos castanhos muito claros, um pouco mais escuros nas orelhas, e seus olhos são tão pretos quanto os meus. Parece que está procurando alguém entre as bancas e quando vou para a calçada ela vem em minha direção abanando o rabo e com a língua de fora, como se já me conhecesse. Está contente, seu focinho e os olhos brilham. Não bate nem no meu joelho, e abaixa um pouco a cabeça quando se aproxima. Não me animo a tocá-la nem lhe dizer nada e, quando começo a andar de novo, ela se perde. Encontro as duas vendedoras da outra vez atendendo no mesmo lugar. Mesmo que não digam olá e continuem a atender os clientes, sei muito bem que me reconheceram. Não insisto. Fico parada no meio das pessoas, espero até chegar minha vez e pergunto pela senhora com o pão dos mortos.

— Ela já vendeu a carga de hoje.

— Volte amanhã pra ver se ela quer falar com você.

Uma delas começa a atender o homem atrás de mim na fila, enquanto a outra me diz:

— Se você não vai comprar nada, tem que deixar a gente atender o próximo.

— Meio quilo de erva — peço sem sair do lugar, para que ela entenda que eu não vou embora tão fácil.

— Nacional ou paraguaia?

— Qualquer uma — respondo, e as duas riem de mim.

Estão muito arrumadas, em vez de trabalhar na feira parece que se aprontaram para ir dançar. Têm unhas compridas e pintadas, extensões de cílios, cabelos brilhantes e sedosos, e uma boca que é de um vermelho hipnotizante, mas se tirassem tudo isso seriam ainda mais bonitas.

— Experimente essa — diz a que me atende, e pela primeira vez sinto que demonstra algum interesse por mim quando pisca um olho:

— A paraguaia é melhor. — E me entrega um pacote de erva em que há um pássaro azul com uma barriga amarela, sobre as listras do fundo, vermelhas, brancas e azuis.

— Mais alguma coisa?

Pergunto-lhe novamente pela senhora.

— Você sempre faz tantas perguntas? Estamos trabalhando aqui. Vão me repreender. — Gira a cabeça para dentro do estabelecimento como se tivesse medo de alguém. — Precisa de pão? Temos chipa, pão caseiro e bolos.

— Sim, chipa e mate juntos são das coisas mais saborosas que existem. — Algo nela parece se acender. Entra passando por trás daqueles que estão agachados sobre seus pratos e vai para os fundos, onde há um enorme tecido vermelho com bandeiras e algumas fotos muito grandes. Não conheço ninguém. Quando volta, me entrega o saquinho de chipa, dizendo:

— Ela está ocupada agora. Se quiser vê-la amanhã, venha cedo.

Eu pago e, quando estou prestes a sair, a outra se despede de mim com um:

— É melhor dormir menos.

São tão parecidas que devem ser irmãs. Não tenho irmãs, só Miséria. Quero voltar rápido para a esquina e ver se consigo encontrá-la. Paro no mesmo lugar, mas ela não aparece. A cachorra que veio atrás de mim me fareja e eu abro o saco, parto uma chipa ao meio e deixo na frente do focinho dela. Ela engole em um segundo, me olha agradecida e senta-se ao meu lado. Esperamos juntas, mas o tempo passa e nada de Miséria. Abro o saco novamente e parto outra chipa, metade para mim e outra para a cachorra, que a pega no ar e volta a se sentar ao meu lado para mastigar. A única coisa que falta a esta cachorrinha é tomar mate.

Em dez minutos, centenas de rostos passam, mas nenhum deles é o de Miséria. Pensar em como deve ser difícil encontrar uma pessoa aqui faz meu estômago doer. A gente veio se esconder, mas tudo saiu do controle. Nem mesmo entre nós conseguimos nos encontrar. Há coisas que Miséria não me diz, há coisas que eu também não quero contar para ela. Meu irmão trabalha em uma oficina nova e eu não sei seu endereço.

Tiro do bolso o papel que Miséria me deu para marcar o exame. Não tem o endereço do hospital, apenas algumas letras pretas que dizem A cidade cuida de você. Quando me levanto e estou prestes a começar a andar, a cadela atravessa a rua abanando o rabo e se joga em cima de um magrelo. Os carros buzinam e um deles xinga.

— Sai daqui — ordena o magrelo, mas ela não lhe dá a mínima. É só quando ele se move em minha direção que a cachorra sai de cima dele e o segue.

Eu tenho vergonha de que ele ache que a cachorra é minha, porque ela está pulando em cima dele com as patas sujas. Tem cabelos claros e os cílios escuros, tão longos que quase tocam suas sobrancelhas. Por baixo do casaco usa um uniforme verde-claro perfeitamente passado. O cara manda a cachorra sair de cima dele de novo, mas ela faz o contrário e, quando eu acho que o magrelo vai ficar bravo, ele se aproxima de mim, abre a mochila e coloca um punhado de ração de cachorro ao meu lado.

— É sua. — Ele não parece estar me perguntando.
— Não, está apenas me seguindo.
— Mas ela te escolheu.

Ele se abaixa de novo e lhe faz um milhão de carícias, chegando tão perto que a cachorra lambe seu rosto e abana o rabo de novo. É muito alto e, para agarrar seu focinho, tem que se abaixar novamente. Ele dá um beijo na cachorra e acho que vou ficar com nojo, mas não fico. Adoro o gesto.

— Às vezes eu trago comida e ela me segue até o trabalho, mas dorme aqui nos arredores, na entrada do terminal.

— Já estou indo — eu digo.

— Pra onde você vai?

— Vou até o hospital. Tenho que marcar um exame pra uma amiga.

— Vamos lá, é no caminho do meu trabalho. — Ele me olha sério de novo e acabo andando com um cara que nem conheço e uma cachorrinha. Não quero que Miséria chegue e nos veja andando juntos, porque é capaz de imaginar alguma besteira.

Avançamos um ao lado do outro e a cachorra continua nos atropelando pelo meio-fio da calçada.

18

Todo cinzento e gradeado. Parece uma prisão, não um hospital. Nem mesmo uma planta, muito menos um pedaço de terra. Até a bandeira perdeu a cor: o azul-claro é quase branco e o amarelo do sol se desvaneceu até se tornar um pano velho. Apenas a entrada é clara, e suas portas de vidro estão abertas. Quanto mais nos aproximamos, mais me convenço de que este não é um lugar para vir ao mundo. Cheira a doentes, a água sanitária e a pessoas que estão partindo. O magrelo me cumprimenta e diz algumas coisas e eu mal me mexo quando aceito seu beijo no rosto. A cachorra vai atrás dele e eu fico parada. A última coisa que ele disse depois de dizer tchau não me agradou nem um pouco. Quando reajo e sinto que tenho de perguntar alguma coisa, procuro-os e eles já foram embora. Mesmo com medo, entro no hospital.

É fácil encontrar o local onde marcam os exames porque há uma placa, mas sobretudo porque parece que metade do país veio fazer isso. Então vou para o fim da fila. Todos estão sentados no chão ou deitados em sacolas como se estivessem indo viajar. Pergunto quem é o último. Mesmo de meias e tênis, sinto o frio da morte que vem do piso e não quero me sentar. Estamos avançando, mas tem muita gente ficando entediada assim como eu. Quando finalmente chego ao cara que marca os exames, ele parece ainda mais cansado. Me pede o papel, eu o entrego, ele olha sem vontade para a tela do computador, escreve com uma caneta na parte de cima do papel e me devolve.

— Próximo! — Antes de ir, ele acrescenta que para o ultrassom é preciso tomar um litro de água e eu tento lembrar qual foi a última vez que vi Miséria tomando água, mas não tenho nem recordação.

Por fim, saio e olho para o celular: quase quatro horas para conseguir marcar um exame para daqui a quinze dias. Antes de sair, eu me viro: aqui é um lugar onde as pessoas morrem e não tem nem terra. Se algo acontecesse com Miséria lá dentro, eu nunca saberia o que lhe passou.

19

Onde o magrelo que me acompanhou até aqui me disse que trabalhava? Não lembro o nome da clínica, mas me explicou que era direto por essa rua até a avenida e depois mais três quarteirões. Ele disse que era enfermeiro. Deve estar acostumado com o cheiro dos hospitais, eu não. Dou alguns passos e lá está a cadela. Ela se levanta e vem em minha direção, abanando o rabo. Mal a acaricio, para ela não se confundir, porque não posso ficar com ela. O garoto disse muito claramente: a cachorra dorme no terminal, mas de qualquer forma agora vamos juntas porque está começando a escurecer e o terminal e minha casa ficam para o mesmo lado. Na beira da calçada há uma enorme lixeira de onde sai um pedaço de pano que me é familiar. Vou me aproximando e a cachorra corre na minha frente; quando chega, ela se detém de repente para farejar. Baixa as orelhas e faz cara de que algo está errado, mas não posso deixar de me aproximar. Fico na frente dela: é o mesmo tecido rosa florido da camisola que Miséria usava no sonho. Eu estendo a mão para tocá-la e a cadela me atravessa para que eu não faça isso, eu tenho que me esquivar dela para abrir o bolo de tecido e encontrar uma mancha no meio que é uma explosão vermelha. O pano cai no chão e, antes de tentar pegá-lo, sinto os dentes da cachorra mordendo minhas calças para eu me afastar. Por um momento acho que estou sonhando, mas não, o sangue está fresco e brilha tão intensamente quanto as luzes vermelhas das ambulâncias.

Eu, que ouço o que ninguém ouve e vejo o que ninguém vê, sei que Miséria não pode parir aqui. Acelero o passo para me afastar e a cachorra me segue. Por que ela me escolheu?

Está escurecendo e eu não tenho nem um pedaço de chipa para lhe dar, só levo a erva em uma sacola pendurada no pulso, e só de pensar em mate me dá água na boca. Tento me concentrar no mate, na cachorra, em Miséria sorrindo e esquecer aquela camisola para sempre. Na esquina há um homem baixando uma porta de metal, é pesada e faz muito barulho. A cadela se adianta para se sentar à minha frente, me olha e parece que está falando só com os olhos. Ela tem fome e estamos em frente a um açougue que ocupa toda a esquina, mas acabou de fechar.

— Vamos — ordeno, e mesmo que o cheiro de carne fresca seja um ímã para ela, ela vem comigo. Lá em cima, a lua brilha, competindo com os moradores que nunca deixam suas luzes se apagarem completamente. A poucos quarteirões de distância, a cadela volta a correr com a língua de fora, mais feliz do que nunca. Sei que ela não vai embora hoje, mesmo que eu a acompanhe até o terminal. Olho a hora no celular e me apresso. Antes de as lojas fecharem, tenho de comprar algo para nós duas comermos.

20

— Onde eu nasci?
— Você devia ter perguntado pra sua mãe — me responde a professora Ana, e ficamos caladas até que ela rompe o silêncio.
— Eu te conheci quando você tinha seis anos. Não precisei te ver nascer pra te amar tanto.
Penso em dar-lhe um beijo ou outra coisa, mas tudo que me sai é uma voz suave:
— Eu sei, Ana.
Quero lhe fazer uma carícia, mas sinto que ela já está longe. Ela fala e me parece que nem abre a boca, que se perde, mais triste do que nunca, enquanto sua voz sai direto de algum lugar embaçado.
— Vou perguntar a ela: aqui nessas sombras, ainda continuo vendo sua mãe.

21

Miséria, como você está quietinha. Estou acabada, Tina. Não consigo mais.

Depois de um dia exaustivo, saímos juntas da loja, mas antes de chegarmos à esquina, a Tina arregala os olhos e fica alarmada: há alguém encostado na persiana baixa da loja de doces. É o Walter, e está me esperando. Como é a primeira vez que ele vem me buscar, a Tina não o reconhece: É meu namorado. Não é lindo?

Ela me diz que sim, que eu tenho muita sorte e que, como logo, logo vamos ter um bebê, é mais do que namorado, é marido. Eu também dou risada e digo que não: o Walter sempre será meu namorado. Minha amiga fica séria e diz que não entende essas coisas estranhas das meninas de hoje, que não querem ter maridos, apenas namorados. A Tina o cumprimenta e o parabeniza, mas o Walter está preocupado e ela percebe que algo está errado, então se despede. Eu o abraço porque adorei que tenha vindo me buscar, e ele me diz que veio porque eu não atendi as ligações dele o dia todo, que ele até me deixou mensagens de voz.

O Walter conta que sua irmã teve um sonho comigo, uma camisola com sangue e o bebê. Um sonho ruim, ele comenta, e eu não posso acreditar que ele se preocupa tanto por causa disso. A Cometerra tem pesadelos todas as noites! E o que ela sonhou? Pergunto quando estamos prestes a chegar ao quarteirão do terminal, e ele me diz que ela nem queria que ele me contasse, mas que precisava saber que nada tinha acontecido conosco. Tranquilizo-o dizendo que estamos bem, que a Cometerra é de sonhar coisas estranhas e que hoje ao meio-dia eu já tinha esbarrado com ela na rua. Se tivesse sido uma coisa tão ruim, ela teria me contado. Então eu levanto meu moletom e a camiseta para mostrar a barriga: A única coisa que ele e eu temos é vontade de comer alguma coisa. O Walter põe a mão sobre meu ombro, me abraça com força e pede desculpas. Ele diz que é melhor a gente não voltar, que a gente pode ir dar uma volta, que hoje ele recebeu e tem dinheiro.

22

Não vemos ninguém até sairmos da área das lojas. A noite é assim, aqui. Os milhões de pessoas que passam durante o dia acabam se esfumaçando na escuridão. Atravessamos a avenida e depois os trilhos do trem. Esta parte é um mundo de gente mesmo a esta hora. Pergunto ao Walter para onde estamos indo e ele diz que não sabe, vamos escolher algo juntos. Aos poucos vamos nos afastando e me chama a atenção um bar enorme com as portas abertas e a música tão alta que chega até onde estamos. A mesma coisa acontece com o Walter, porque ele vai direto para a entrada. Lá dentro há um balcão de madeira onde muitos estão sentados, conversando e bebendo. Eu gosto, mas as cadeiras são superaltas para mim como estou, prefiro me sentar em outro lugar. Entramos e vamos para os fundos, onde uma jukebox está tocando. Ao lado há uma espécie de tenda de pano escuro onde se vê escrito, em letras luminosas: Madame, leio seu futuro, e acima dela há um olho aberto. É azul-claro e parece ser bordado no tecido. Não sei se o Walter viu isso ou não, mas quando ele pergunta se a gente vai ficar por aqui, respondo imediatamente que sim. Procuramos uma mesinha com uma vela no centro. Quando, cinco minutos depois, a garçonete vem anotar nosso pedido, agora o Walter está olhando para a cortina bordô. Se sua irmã quisesse trabalhar nisso, estaríamos nadando em dinheiro. O Walter não me responde, desconfortável porque a garçonete está lá, mas a menina continua como se nada tivesse acontecido.

Ele pede um bife à milanesa com batatas fritas e uma cerveja e eu digo que quero o mesmo, mas, em vez de cerveja, uma Coca-Cola. Quando a menina sai, eu insisto: Não estou dizendo pra ela sair por aí procurando os mortos de todo mundo, as pessoas às vezes querem saber se vão ter namorado, se vão conseguir um bom emprego. Precisam disso e tenho certeza de que sua irmã pode ver. Mas como o Walter fica fingindo que não me ouve e eu não quero insistir, só peço a ele: você me dá quinhentos pesos? E ele tira uma nota verde do bolso da calça, me entrega e eu desapareço por um tempo atrás das cortinas da Madame.

Lá dentro está ela e, à minha frente, uma mesa e uma cadeira vazia me esperando. Faz um gesto com a mão para eu me sentar. Tem um perfume tão forte que me dá náusea, mas eu me sento mesmo assim e ponho a nota de quinhentos na mesa. A Madame usa os cabelos presos e um turbante de pano no qual posso ver o mesmo olho da tenda um número infinito de vezes. Ela não sorri para mim, mas ainda assim rugas profundas se formam nas comissuras da sua boca. Não pode haver ninguém mais diferente da Cometerra.

Seus olhos também me chamam a atenção, delineados em azul-claro, com sombra mais escura, rímel preto e lábios vermelhos. Ela me diz que estava esperando que alguma pessoa corajosa viesse se consultar e eu rio, mas ela não. Em um segundo, baixa os olhos para minha barriga e diz: Alguns têm medo de que eu leia algo ruim, separações, doenças, pobreza, a morte de um ente querido...

Não tenho medo. Acho que vai dar tudo certo e quero que a Madame me leia coisas boas. Ela usa uma corrente de ouro que pende do pescoço até o meio dos seus seios e termina em um enorme pingente, com o mesmo olho aberto que tudo vê. É de um azul tão profundo que parece pedra. Também este olho me crava sua pupila endurecida.

A Madame volta a insistir que eu sou muito corajosa, e observo sua mesa na esperança de encontrar cartas ou uma bola de cristal, como as cartomantes aparecem nos desenhos animados, mas em vez disso há uma cesta de metal cheia de ovos e algo que parece um aquário, mas sem nenhum peixinho dentro, com água até um pouco mais da metade.

Madame guarda a nota e vai colocando ao lado do copo sete frasquinhos cheios de um líquido escuro. Como deixa a mão em cima deles, percebo que não tenho de tocá-los. Então me indica a cesta de metal: Escolha um ovo, quebre-o com muito cuidado e jogue-o na água.

Ela move seu corpo para a frente e é como se seu olho se aproximasse ainda mais de mim. Eu gosto de saber que só tenho que fazer isso, como se eu fosse cozinhar um ovo frito, mas em vez de ferver óleo tenho que jogá-lo na água. Meus ovos nunca quebram, então escolho um e bato com muito cuidado contra a mesa da Madame e depois enfio minha unha nele para separar as cascas bem perto da água. A gema cai quebrada e se desfaz no centro do recipiente enquanto meu estômago dá um nó. Antes tivesse ficado comendo batata frita com o Walter.

A mulher continua por um momento eterno olhando para as formas daquele ovo quebrado nadando na água: Só vou te dar sua boa sorte. A outra, não.

Ela me pede para fechar os olhos e tocar seus frasquinhos, escolher um e passá-lo para ela sem olhar. Eu achava que essas coisas eram fáceis, mas agora quero ter cuidado. Toco em cada frasco por muito tempo para ver se sinto alguma coisa. Preocupa-me que sejam todos iguais. Eu não sou como a Cometerra, não sinto a diferença, então escolho qualquer um e passo para ela, esperando com os olhos fechados e as mãos apoiadas na barriga. O bebê não se mexe. Sinto um cheiro bom, muito mais suave do que o da Madame e que me faz sentir um pouco melhor.

Como tampouco agora escuto sua voz, abro os olhos devagar e a vejo mexendo a mistura com um pau de madeira. Olho para a cara dela e me parece que não está mais tão séria. O olho pende reluzente de seu pescoço como se fosse na verdade a pequena coroa da Madame, o lugar onde está seu poder.

Seus lábios finos se estiram em uma estranha careta: Vocês chegaram aqui faz pouco tempo. Sua sorte é ter uma jovem na sua vida, ela tem longos cabelos escuros.

Quase todo o ovo é tingido de preto e a água também está escura, mas de vez em quando brilha azul e dourada, refletindo o pingente do olho. Isso me hipnotiza, e a Madame continua a agitá-la. Em suas ondas vejo o movimento de uma cabeleira preta nadando como se fossem os cabelos de uma sereia. Por um segundo a gema quebrada parece se unir novamente, mais amarela do que nunca, com esse líquido preto, para formar o corpo vivo e bonito de uma mulher, e eu quero saber se é a Cometerra ou a Tina: o cabelo é liso ou tem cachos?

A Madame cai na gargalhada: Não consigo ver isso. Mas existem várias mulheres de cabelos escuros na sua vida, e essas são as que lhe fazem bem. Eu estudo a mistura escura, minha mãe também está lá, me vejo pequenininha, passando um pente de plástico nos cabelos dela por horas. Seus longos cabelos se misturam com os da Cometerra e os da Tina. A água da Madame também pode falar, embora ela não se mova nem volte a dizer nada. Termina seu trabalho e procura com as unhas afiadas por um pequeno cofre do mesmo dourado de sua corrente. Ela o abre para tirar uma corrente de ouro muito fina que tem um berloque de olho aberto igual ao seu, mas muito menor. A Madame estende as mãos para pôr a corrente em mim e diz: Eu sou a Rainha da Noite, e com isso vou acompanhar sua fortuna. O bebê me chuta com tanta força que eu quase falo alguma coisa. Ele deve estar com fome e eu também preciso comer alguma coisa agora. Cumprimento a Madame, mas ela não me deixa tocá-la, por isso me despeço de longe e saio de sua tenda. O Walter está me esperando atrás de uma montanha de batatas fritas. Quero disfarçar, fingir que não aconteceu nada, mas é difícil para mim. Pego uma batata e começo a mastigá-la, esperando que o Walter me faça perguntas sobre a consulta da Madame, mas ele não diz nada. Não acredito que ele não esteja curioso para saber.

    Ele fica em silêncio quando terminamos de comer, e então pergunta se eu quero alguma sobremesa. Quando eu digo não, ele chama a garçonete e paga. Quando estamos saindo, vemos uma fila de mais de quinze pessoas em frente à tenda da Madame. Tá vendo? Pelo menos quinhentos pesos cada um, numa única noite. Mas tampouco agora ele diz algo. É também por isso que eu o amo tanto: o Walter nunca diria meia palavra ruim sobre sua irmã, especialmente se ela não estiver lá. Quando saímos para a rua, o Walter aponta para o olho em volta do meu pescoço:

    E isso? Nada, Walter, só um presente.

23

Música em todas as calçadas, choripanes e Fernets, pequenas luzes que sinalizam quiosques abertos 24 horas e cervejarias que acabaram de abrir, a Rivadavia está a todo vapor e eu olho para as montanhas de chocolates e alfajores em alguns comércios e o bebê me chuta de novo. Seguimos em frente rodeados de luz: Sorvetes, Aluga-se, Eletrodomésticos, Farmacity, Pizzas e Massas, Lanchonete. Não sei para onde ir, mas como o Walter quer mais uma cerveja, vamos a um lugar com uma placa preta e branca de empanadas e cervejas. O céu está tão escuro e cintilante quanto as mulheres de cabelos pretos das quais a Madame me falava, e estou feliz: não quero que esta noite acabe.

Aqui ninguém quer dormir, a fumaça dos cigarros se mistura com brumas de álcool e risadas, mas avançamos meio quarteirão à frente, cruzamos com um casalzinho que deve ter nossa idade e empurra um carrinho com um bebê que não para de chorar, parece um porco. O choro de um único bebê consegue abafar a música de todos os clubes juntos, e seu rosto vermelho como um pimentão traga as luzes da avenida e as torna pálidas, enfermiças. Engulo em seco. O casal não faz nada para acalmar o filho e acho que deve ser porque já tentaram de tudo e o pirralho continua gritando de qualquer maneira. Parecem tão cansados que as olheiras ocupam metade do rosto deles. O Walter e eu não dizemos nada, mas esta é provavelmente a última vez que podemos sair juntos sem nosso bebê.

Começamos a nos afastar em busca de silêncio e quando penso em outra coisa, um sorvete de doce de leite ou um par de churros, já é tarde, chegamos à esquina da rua de casa.

Abraçados, nos viramos para seguir os últimos metros quando vemos algo se movendo na porta da casa. Atravessamos a rua. É uma cadelinha que vem nos cumprimentar abanando o rabo. O Walter fica sério e diz que não pode ficar ali, que o dono nos disse muito claramente que não poderíamos ter animais, se ele vir um cachorro na porta, ferrou tudo.

24

— Sabe como eles chamam esse hospital? Caminho do Céu. É melhor encontrar outro lugar pra sua amiga dar à luz.

As palavras do magrelo me vem à mente antes de eu sair da cama. Não gosto de nada do que acontece naquele hospital. A casa está escura, mas eu tenho que me agilizar de qualquer maneira. Hoje quero ir cedo procurar a senhora dos pães para consultá-la sobre o sonho da Miséria e também sobre isso. Ela está aqui há muitos anos, deve saber. Vou até a janela. Lá fora não há sons de trens ou daquelas motos que passam a toda a velocidade, nem mesmo alguma música. Eu me vejo no vidro, parece que dormi mal e tenho um nó enorme de cabelo na lateral da cabeça. Tento desfazê-lo, mas não consigo. Desde que viemos para cá, nunca mais cortei o cabelo e agora ele quase cobre meus shorts, já está na hora. No outro quarteirão, abriram um salão de cabeleireiro, diz AcheBarber na placa. Está sempre cheio de jovens que fazem degradês e desenhos. Só preciso tirar um pouco do comprimento. Mando um WhatsApp para Miséria, falo do nó no cabelo e peço que vá comigo: Quero raspar a nuca a zero, mas ela responde:

— Nem pense em cortar o cabelo. Agora você tem que deixá-lo bem comprido.

— Não te entendo, Miséria.

— Não toque no comprimento. Amanhã vou comprar um pente pra desembaraçar os fios.

E não escreveu mais nada.

Na cozinha, há várias garrafas de cerveja vazias. Quando voltei ontem, elas não estavam lá e não havia ninguém em casa. Fiquei na entrada comendo com a cachorra e fiz uma cama com uma caixa e um cobertor meu. Ainda deve estar lá dormindo. Abro a porta e encontro apenas meu cobertor e a caixa vazia. Da comida que eu coloquei para ela, não sobraram nem as migalhas. Sinto muito que ela tenha ido embora, mas é melhor assim, a última coisa que nos faltava agora é uma cadela. Não sei por que é que esta madrugada me deixa triste, olho para a esquina e depois do outro lado, mas tudo está em silêncio. Não há vivalma na rua e, sem a cadela, volto a estar solitária como sempre.

Ponho a chaleira no fogão e depois de um tempo ouço a água começando a esquentar. Quando eu era pequena, minha mãe me ensinou a entender seus sons para que não chegasse a ferver e lavar a erva. Mas agora faz muito tempo que ela também não está comigo. Como não quero tomar chimarrão sozinha, espero para ver se Miséria ou meu irmão acordam. Empurro a porta do quarto, ouço-os respirar. Aproximo-me deles, tentando não acordá-los, e descubro que entre ela e meu irmão, espremida como um carrapato, está a cachorra.

— O que você está fazendo aqui?

Ela põe a cabeça para fora dos lençóis com a língua à mostra e uma cara de safada inacreditável.

— Vamos lá!

Ela sai da cama, descobrindo a barriga de Miséria, que de tão esticada parece que vai se romper a qualquer momento. Eu a cubro com o cobertor para que não passe frio. A cadela vem comigo para a cozinha, abro o pacote de erva, faço o mate, procuro frios da geladeira e me sento no chão com ela. Faço um rolo de presunto e ela o recebe feito um bolo entre minhas pernas, esticando o pescoço e a cabeça em minha direção. É uma cachorrinha jovem, não sei se já acabou de crescer. Quando o sol nasce e já se escutam os ônibus lotados de gente, a cachorra e eu partimos para a feira. Ela perambula ao meu lado e já não estou triste.

25

Eu nunca sonho e, se sonho, não me lembro e, se me lembro, o sonho na minha cabeça não dura muito, assim que eu saio da cama já me esqueci dele. Mas esta noite sonhei com a Madame e agora ela diz de dentro da minha cabeça: Miséria! Deixe sua amiga em paz. Você não sabe como é difícil ver.

    Para desanuviar a cabeça, tomo um banho. Deixo a água correr por um tempo até esquentar, tiro a roupa e me olho no espelho. A correntinha que a Madame me deu está me sufocando, amanheci com o olho quase cravado no meu pescoço, deixando sua marca na minha pele. Enfio o corpo na banheira, mas minha barriga fica tão para fora que não se molha. Preciso ensaboá-la à parte e girá-la para me enxaguar. Quando termino, saio com a única toalha que encontro no banheiro. Como é muito pequena, minha barriga fica à mostra de novo.

    Entro no quarto e encontro os chinelos azuis do Walter, coloco-os e vou para a cozinha. Com a mão esquerda abro a geladeira e tiro dois ovos. Vou até o balcão e os apoio com cuidado para que não deslizem até o chão. Minha barriga empurra a toalha e eu preciso segurá-la o tempo todo com a mão direita para que não me deixe nua e molhada no meio da casa. Acender um fósforo e ligar o gás do fogão é muito difícil, mas quando consigo é ainda pior ter de quebrar os ovos com a mão esquerda. Tento com o primeiro e funciona, embora eu deixe um rastro fininho de clara de ovo que parece um fio de babosa, a gema não quebra. Abro o segundo e tampouco. Cai perfeitamente na frigideira. Como pode ser que meu ovo tenha quebrado ontem?

Estou acordada, já se passaram algumas horas desde que acordei e ainda ouço a voz da Madame. Miséria! Deixe sua amiga em paz. Você não sabe como é difícil ver. Sou a Rainha da Noite. Você tem que me ouvir. Minha cabeça não para de matraquear. Ponho a mão no pescoço, enfio o berloque entre o polegar e o indicador e, com um puxão, a correntinha se quebra, arranco o olho da Madame do meu corpo e o jogo na lata de lixo. Ponho os dois ovos fritos em um prato. As gemas alaranjadas, redondas, perfeitas. Coloco sal neles e quando os cheiro, sinto um pontapé no meio da barriga. Encontro um pedaço de pão e enfio na gema para meu bebê e eu comermos.

26

A cadela não tem ideia melhor do que entrar nas banquinhas para ver se consegue alguma coisa e, assim que o faz, vem em minha direção abanando o rabo com um pão entre os dentes.

— Não podemos conversar aqui — diz a mulher quando a encontro; ela pega minhas duas mãos e as junta, como se fosse me obrigar a rezar, não as solta. Sinto suas palmas desgastadas de amassar, ásperas e fortes nas minhas: — Quero saber como você se saiu com a oferenda. Volte lá pela uma que eu já terminei. — A senhora olha de relance para a cadela que está comendo as últimas migalhas e acrescenta: — Venha sozinha, não traga nenhum animal.

Não posso ficar com uma cachorra o dia todo, então compro meio quilo da comida dela e vamos para o terminal. Ela me segue. Quero ver se consigo deixá-la tempo suficiente para falar com a mulher dos pães. Atravesso a rua e ela se demora lá atrás. Eu a chamo para vir e ela se faz de tonta. Insisto e, quando finalmente ela me dá atenção e pisa na rua, uma moto passa a toda a velocidade e quase a atropela. Ela vem ofegante, com a língua de fora, e eu não sei quem está mais assustada, se ela ou eu. Chegamos a uma pilha de jornais e trapos velhos. Está vazia e a cadela fica ali, olha para mim e abaixa o rabo, sem se mexer. Acho que é a casa dela, mas não tenho certeza, muita gente dorme na rua por aqui. Procuro entre os papelões para ver se há sinais de outro dono, mas não encontro nada. Apenas trapos onde ela se deita e eu me acomodo ao lado dela para olharmos para a rua juntas.

Não há prédios aqui, são todos casas baixas e lotéricas, garagens de ônibus, logísticas e fast food. Mas como os ônibus saem cheios de gente, muitos táxis e carros passam como se fosse a avenida. Eles vêm com tudo, do lado da General Paz. Qualquer um pode atropelar a cadela.

Eu a chamo e ela enfia o focinho entre minhas pernas e abaixa as orelhas. Começo a acariciá-la enquanto ela continua a me fazer aquela cara de vítima que me faz rir. Que cachorra mais safada! Ela sabe que, se me olhar assim, não tenho coragem de deixá-la. Abro o saco e despejo um punhado de ração, mas ela também não quer comer agora. Pego meu celular e vejo as horas: se eu for rápido falar com a senhora, volto para buscá-la em menos de um segundo para que nada aconteça com ela.

Acaricio-a por muito tempo, sem pressa, e quando ela fecha os olhos, puxo sua cabeça das minhas pernas e a apoio em uma pilha de jornais e trapos como se fossem seu travesseiro. Fico fazendo carinho nela, que não volta a abrir os olhos, e digo a mim mesma que a cachorra vai ficar bem, é só o tempo de eu ir lá e voltar para buscá-la imediatamente. Levanto-me prendendo a respiração, viro e dirijo-me para a feira.

27

Volto e me parece que há mais gente do que nunca. As cores floridas das bancas me fazem bem. Em uma loja de ervas de cura, há um boneco com um enorme charuto na boca. Usa um gorrinho de lã pontiagudo, com duas tranças caindo dos lados do rosto. Aparenta estar feliz e se pode ver um sorriso em seu rosto, mesmo que o charuto ocupe metade de sua boca. Aos seus pés há um saco com moedas douradas, algumas notas, um pratinho com diferentes grãos de milho e um cinzeiro, no qual quem passou foi deixando suas bitucas. Enfio a mão no bolso, me restou só um trocado, nem quero ver quanto é. Pego a nota sem olhar e, quando estico meu braço para deixá-lo ali, a cachorra sai de trás do boneco, pula em mim e começa a me lamber com um movimento tão brusco que quase derruba tudo.

— Você não estava dormindo?

A cachorra me enganou, levá-la de volta é inútil, o melhor a fazer é procurar a clínica do magrelo e deixá-la com ele. Essa é a única coisa em que consigo pensar, não tenho um plano B.

Vamos para a Rivadavia e eu não a deixo se enfiar em nenhuma outra banca. Ela atravessa a avenida com cuidado, como se tivesse aprendido que tem que estar atenta para que não a levem arrastada. Subimos a ponte que fica paralela à estação, é muito alta e quase toda a sua estrutura é feita de metal, nas laterais suas vigas desenham estranhas cruzes sustentando o telhado de aço. Nossos passos, quando caminhamos, fazem o mesmo barulho que um garotinho faz quando bate em uma lata vazia de marmelada. Parece uma brincadeira e a cachorra se adianta toda contente, mas eu fico parada no meio. Não descemos nenhuma das escadas que vão para as plataformas porque para chegar ao outro lado é preciso passar pela última, mas ainda não quero fazer isso. Walter me disse que lá de cima dá para ver o estádio do Vélez. Olho em volta, os prédios que eu sempre acho enormes parecem casas de formigas. Estou ainda mais alta do que a cruz da igreja e adoro isso. Tento distinguir a entrada do cemitério, mas aqui tudo que é baixo desaparece. Depois, giro devagar.

Dá para ver o trem vindo pelos trilhos que descansam no chão e, quando ele se aproxima, a cachorra e eu pulamos em cima dele como se pudéssemos pisá-lo. Ela late alegremente e copia tudo que faço, e eu não deixo de comemorar que meus pés sejam tão poderosos do alto da ponte que parecem esmagar a locomotiva e todos os seus vagões.

Mais do que o estádio do Vélez, sinto que daqui de cima dá para ver o mundo inteiro.

Quando o trem fica cada vez menor até desaparecer ao longe, começo a andar de novo e a cachorra me segue. De cada lado há barras enormes e outras muito finas, quadriculadas, que deixam o espaço parecido com um mosquiteiro gigante, impedindo que os insetos que o atravessam caiam nos trilhos. Hoje as moscas somos a cadela e eu. No fim fica a escada que nos leva para o outro lado, gostaria que não tivesse degraus, que não passasse de um escorregador muito alto para nós duas.

Assim que descemos as escadas, nos deparamos com um menino de cerca de catorze anos dormindo entre umas mantas. Mesmo que ele seja muito menor do que eu, está apenas entre um par de cobertores velhos. A vinte metros de distância há um velhinho. Saímos da estação sem ver seus rostos. Será que há alguém procurando os dois?

Depois andamos alguns quarteirões até chegar à clínica, que é enorme e tem uma porta de entrada e um estacionamento.

Bem, não sei onde esperar pelo magrelo, e procuro um lugar que me permita ficar de olho.

De novo a cachorra me atrapalha, não posso entrar na clínica com ela, então não tenho escolha a não ser esperá-lo do lado de fora, mesmo que eu possa perder a hora de procurar a mulher da feira. Atravesso e me sento na calçada à minha frente. A cadela deita-se ao meu lado.

Tento pensar no rosto do magrelo e me lembro dos olhos dele, sei que assim que sair vou reconhecê-lo imediatamente. É quase meio-dia e começo a ficar nervosa. A cachorra adormeceu.

Da entrada principal, um grupo de mulheres com roupas da clínica sai conversando entre si. Usam o uniforme da cor que o garoto usava quando o conheci. Depois de um tempo, entre um grupo de pessoas, eu o vejo sair.

Eu me levanto e a cachorra acorda e também se levanta comigo. Sigo em frente como se fosse atravessar e agora ele nos reconhece, move os olhos da cachorra para mim. Sinto uma onda de calor por todo o meu corpo e é tão forte que tenho medo de que minhas bochechas fiquem vermelhas. Ele vem em nossa direção e, assim que põe o pé na nossa calçada, aponto para a cachorra:

— Tenho uma coisa importante pra fazer e não posso ficar com ela.

Como se não tivesse me ouvido, o magrelo me diz:

— Fico feliz que você tenha vindo. Queria te ver de novo.

Ele não me pergunta nada. Não me pede um motivo para que estejamos lá. Apenas insiste várias vezes que queria me ver de novo e sinto que estou pegando fogo.

— Já almoçou? Quer tomar alguma coisa?

Eu lhe digo que não, que marquei com uma amiga, mas não posso levar a cadela, que abana o rabo como um helicóptero prestes a decolar.

— Bem, vamos fazer assim, vou ficar com ela esta noite e na próxima, mas depois vou trabalhar, então você vem buscá-la.

O garoto me entrega um pedaço de papel no qual anotou alguma coisa.

— O que é isso?

— Meu endereço — diz o magrelo, e eu fecho a mão e seguro aquele papel como se fosse um tesouro. Guardo o endereço no bolso e vou para a feira.

28

As senhoras do pão caseiro e da chipa já venderam toda a sua mercadoria e estão desmontando suas barracas. Cestas com pano em que embrulham enormes cargas que trouxeram de casa. Procuro apenas uma, a senhora dos pães que me ensinou a fazer a oferenda.

— Quer ajuda? — ofereço quando finalmente a encontro sacudindo seus panos e colocando-os em uma enorme cesta.

— Não precisa, o que eu trouxe hoje de manhã já se foi. Eu estava esperando por você.

Sua pele é enrugada como um pão torrado. Levanta o tecido colorido que usa para se sentar, dobra-o cuidadosamente e acomoda-o com o resto.

— Minha carga agora é leve. Vamos entrar — convida e abre uma porta que dá para um corredor quase interminável que nos leva a um pátio interno. As mulheres e os homens que trabalham nas bancas têm um tempo de descanso para vir comer aqui. Há vasos feitos de barro cozido e pintado, alguns têm cactos e outros, plantas com flores. Nos sentamos e o sol mal nos atinge, porque estamos cercadas por muros altos. As mesas todas têm suas toalhas, sobre as quais uma menina de tranças pretas repousa dois pratos fundos com um alimento quente que me lembra os ensopados que eu comia quando criança. Experimento: milho, tomate, pimenta, abóbora, alguns cubinhos de carne. O sabor de cada um contagia o que está do lado e quando o como já não sinto o sabor das coisas separadamente, e sim de todo o prato junto. É como a feira, nunca cada banca individual tem o sabor de todas as suas barracas juntas.

— Do que você anda precisando, menina? — ela pergunta.

Não sei se começar contando meu sonho é a melhor coisa a fazer, mas não consigo encontrar outra maneira. Conto-lhe sobre quando acordei de noite por causa do pesadelo de Miséria chorando, de sua barriga e seus braços vazios, da camisola com flores cor-de-rosa ensopada de lágrimas e um sangue tão brilhante quanto molho de tomate. E de minha ida ao hospital que Lucas me disse que chamam de Caminho do Céu, da fila para atendimento com pessoas amontoadas no chão sem ninguém se importar. E o medo quando penso no enorme e gelado hospital e no corpo minúsculo de Miséria. No fim, minha voz se esganiça e só então percebo que também tenho vontade de chorar. A senhora termina de comer e descansa a colher.

— Parir não é assunto pra garotas sozinhas — diz ela, me olhando nos olhos. — Como você vai deixar sua amiga com gente que ela nem conhece pra ter o bebê?

A vontade de chorar ainda aperta minha garganta, impedindo minha voz.

Penso em mamãe sem ninguém, apenas alguns anos mais velha do que Miséria quando ela teve Walter, em algum quarto de hospital que eu nem sei qual foi. E que eu adoraria apertar sua mão para lhe fazer companhia, como quero segurar a de Miséria agora.

— Se nós, mulheres, nos reunimos pra tudo, pra fazer compras, tricotar, contar coisas umas às outras, cozinhar nossa comida e levar as crianças pra escola, por que iríamos parir separadas umas das outras?

Ela volta para seu prato. Sinto que não estou acompanhando Miséria como uma amiga deveria. A mulher percebe que algo está me impedindo de continuar comendo em paz e acrescenta:

— Vir ao mundo e partir não são coisas pra serem feitas sozinhas. — A mulher dos pães respira fundo para continuar falando: — Se nós, mulheres, nos unirmos, essa é nossa força.

Agora é ela que fica pensando. Meus últimos bocados do ensopado estão esfriando no prato e, quando estou prestes a pôr a colher de novo na boca, ela me diz:

— Tinha uma mulher aqui que se encarregava disso, se chamava dona Justina, e era uma mulher alegre e bastante jovem pra saber tanto. Ela se dava muito bem na arte de trazer bebês e acompanhar as mães. Não sei por que parou.

Ouço o nome e penso em Miséria e em sua colega de trabalho, mas não digo nada. Deve haver dezenas de Justinas por aqui e eu não quero falar bobagem. Mas quando a senhora dos pães me diz para procurá-la, que Justina está por perto, atrevo-me a perguntar-lhe:

— Justina, aquela que trabalha na loja da esquina? — E mostro a ela o lugar onde Miséria agora também está trabalhando.

A senhora dos pães parece absorver por um segundo todo o sol que entra no pátio interno e me responde confiante:

— Ela. Era a melhor acompanhando aqueles que chegam a este mundo e, acima de tudo, as mulheres que dão à luz a eles.

Não consigo acreditar na minha sorte; ela e Miséria passam a maior parte dos dias no mesmo lugar e se tornaram amigas. Por que Miséria nunca me contou isso?

Olho a hora no celular e ainda é cedo. Tenho tempo para procurar Justina depois do trabalho.

Antes de continuar a comer meu ensopado, beijo as mãos da mulher do pão e ela ri pela primeira vez desde que chegamos aqui. Os nervos me fazem comer rápido e, quando termino, tomo uma espécie de chá que nos serviram em copinhos descartáveis e me levanto da cadeira para me despedir.

— Quando você precisar falar com alguém de novo, estou sempre aqui, menina.

29

— Eu sou a Justina, estava te procurando.
— Justina — balbucio e estendo a mão como se fosse um homem e tivesse que apertá-la. — Eu também vim te procurar.
Mas ela faz outra coisa. Abre os braços esperando meu corpo.
— Cometerra, filha — diz ela, e seus olhos parecem se encher de lágrimas, mas não consigo mais vê-las porque estou em seus braços. — Vai ficar tudo bem. Vamos.
Não pergunto nada e a sigo pelos mesmos quarteirões que percorri mil vezes, entre lojas, bancos e pontos de ônibus.
Olho para os prédios mais altos para ver qual será o de Tina, mas no fim ela não mora em nenhum deles. Na esquina de um casarão velho que parece prestes a desabar, viramos nos afastando dos trilhos, caminhamos até o fim de um quarteirão sem árvores e com menos sol, e Tina para em uma entrada que parece a porta de uma geladeira velha. O edifício é tão alto que nos deixa nas sombras, deve ter cerca de vinte andares. As paredes são pouca coisa menos pichadas do que as que circundam a estação. Há dois elevadores, mas um não funciona e por isso temos que esperar um bom tempo. É tão pequeno que mal cabemos as duas, e a subida lenta e o espelho quebrado com manchas de tinta preta me fazem temer que possa parar a qualquer momento.
Quando chegamos ao andar de Tina, ele para de um solavanco.
O corredor é uma mescla de música que me faz sentir saudades de meu antigo bairro, onde se ouvia cúmbia muito mais alto do que o motor dos ônibus e das motocicletas. Assim que entramos em seu apartamento, ela diz:

— José, você vai ter que sair um tempinho, e seus amigos têm que ir também.

O garoto não responde nada, e todos ao seu redor pegam algumas coisas, o celular, os cigarros, uma chave e algumas latas e nos deixam sozinhas. Antes de sair, uma menina baixinha e de cabelos pretos se aproxima de mim.

— Meu nome é Liz. A Miséria me falou de você. — Sinto que ela gostaria de ficar falando comigo, mas hoje não temos tempo.

A primeira coisa que Tina faz quando estamos sozinhas é diminuir o volume do aparelho de som. Uma tapeçaria tecida com um pássaro e uma menina é o único ornamento colorido nas paredes do apartamento, além das grandes fotos que estão por toda parte. O pássaro é enorme, e suas cores me lembram as flâmulas e mantas da feira, enquanto a menina caminha para a frente carregando algo nas mãos. Ao lado da tapeçaria há várias fotos, algumas xerocadas e coladas com muito esmero em um papelão e envoltas em um náilon transparente para que não estraguem; todas têm glitter ao redor, formando corações.

Tina vai para a cozinha e volta com duas xícaras, não me pergunta nada, põe uma delas à minha frente e eu vejo como exala vapor quente e o cheiro de ervas.

— Vamos aquecer um pouco o corpo — diz antes de provar sua xícara, e me parece que tudo aqui dentro exala calor. Até a voz da menina que canta.

Antes de terminarmos de beber, Tina encosta uma mesa na parede para subir em cima dela e conseguir pôr as mãos nas fotos. Ela vai descolando-as das paredes de sua casa e tenho medo de que alguma delas rasgue, mas não. Então ela desce e arrasta a cadeira até onde estamos, para deixar um monte de fotos no sofá ao meu lado. Tina se acomoda bem na minha frente e começa a mostrá-las para mim:

— Este bebê é meu. Este é um bebê das minhas mãos, este é meu e é das minhas mãos também. Esta é a Yacky, a filha dos donos da floricultura, é bebê das minhas mãos e afilhada, este é o último filho que eu carreguei na minha barriga, eu não o vejo faz dois anos porque, quando me separei do pai dele, sumiram com ele.

Enquanto Tina as mostra a mim, penso em qual foto poderia mostrar a ela em troca, e não tenho nenhuma. Não tenho fotos das mulheres desaparecidas, ou da María sequestrada, ou da menina da água, não tenho fotos das meninas que procurei, devolvi todas elas. Lembro-me de uma foto da professora Ana comigo, nós duas em frente à lousa, o sorriso de Ana como quase nunca vejo, brilhando naquele momento flagrado pela câmera, em uma foto que dizia "Recordação Escolar" que ficou na casa antiga, perdida para sempre.

Tomo um gole olhando as fotos de Tina, na frente e também no verso. As fitas adesivas com vestígios de tinta e sujeira sobrepostas que me fazem imaginar o número de vezes que Tina as retirou da parede para mostrá-las com a ilusão de que serviria ao seu propósito, e como ela então as colou de volta em seu lugar com carinho, como se os bebês de Tina, os que seu corpo trouxe ao mundo e os que suas mãos receberam do corpo de outra mulher, fossem medalhas brilhantes.

Quando ela termina de mostrá-las, põe tudo de volta no sofá e fica em silêncio.

Respiro fundo e penso na terra.

— Parei quando vim pra cá.

— Parei quando levaram os dois — responde, mostrando-me duas fotos, de um bebê de um ano e de um menino de apenas três ou quatro. Ela as separa das demais e as deixa apoiadas em minhas calças. Em seguida, acrescenta:

— Não sei explicar como faço isso, minhas mãos é que sabem. Foram ensinadas pela minha avó, e ela foi ensinada pela avó dela também. Nem tudo se explica, há coisas que são feitas e ensinadas desta forma: fazendo-as. — Antes que eu possa responder qualquer coisa, ela acrescenta: — Você não precisa me explicar, eu sei que você pode ver aqueles que não estão aqui, e me faltam dois filhos. Eu estava te procurando pra propor que eu dou minhas mãos à Miséria pra que seu bebê chegue ao mundo e você me diz onde estão os dois. De que terra você vai precisar?

30

— Você estava com sono naquela casa, seus olhos estavam se fechando. Mas depois, aqui de novo, você não consegue dormir. Passou metade da noite se revirando na cama.
— De que casa você está falando, Ana?
— Da casa da tapeçaria de pássaro. Faz dias que eu quero falar com você, mas você não me escuta.

Não respondo nada, nem sei se tenho vontade de falar com Ana agora, mas já estou aqui. Com ela, não há noite em que se possa descansar seriamente. E, ainda por cima, hoje ela está com raiva.

— Estou falando com você, e sua cabeça ainda está lá, naquela casa que você nunca mais deve pôr os pés. Ouça-me. Daqui, posso perceber coisas que você ainda não viu.
— Agora precisamos de alguém que vive lá — eu a interrompo. Hoje a professora Ana está me cansando.
— E se a Florensia e eu precisarmos de você? Não se importa mais?

Também no sonho tento fechar os olhos e consigo parar de ver Ana por um tempo, mas é impossível deixar de escutar sua voz.
— Nunca mais volte para aquela casa. Essa mulher quer que você coma terra só pra ela.

31

Dormir de verdade, nunca. Me reviro na cama pensando demais. Especialmente agora que eu tenho de ir buscar a cachorra. Lucas tinha me falado que ia trabalhar hoje e que não poderia deixá-la sozinha, mas eu mando mensagem para ele, passa uma hora e ele ainda não leu. Ligo para ele e nada, cai direto na caixa-postal. Olho para onde anotei o endereço dele e procuro no celular.

Acho estranho ir atrás de um magrelo que mora sozinho e perco um pouco a vontade.

Tiro a última garrafinha de cerveja da geladeira e bebo mesmo sendo dez da manhã. Miséria acordou cedo, mas já faz um tempo que ela voltou para a cama. Ela não consegue ficar quieta. Pensei em ir até a feira, mas nem assim me dá vontade de sair, até porque a essa altura a feira já está cheia de gente.

Meu celular toca e é um áudio de WhatsApp, aperto o play:

— Ok, pode vir. Vou te esperar. — A voz de Lucas muda tudo. Procuro sua foto de perfil e amplio. Fico olhando para ela por um tempo enquanto termino a cerveja. Saio da cozinha para escolher uma roupa e pela primeira vez sinto vontade de ter comprado algo bonito. Escolho uma regata preta com alças cruzadas nas costas, a menor de minhas calcinhas pretas e shorts jeans. Tenho vontade de escutar música, mas não quero acordar Miséria, então aperto o play novamente na mensagem de Lucas. Sua voz consegue fazer com que eu não me importe de ir ao apartamento dele, embora eu o conheça há pouco tempo.

Vinte minutos depois estou nua no banheiro, enrolada em uma toalha e com o cabelo pingando. Eu me olho no espelho, não dormi nada, mas não dá para perceber. Pego minha escova e a pasta de dente, vejo um creme que Tina deu para Miséria, que está fechado, e um lápis preto para os olhos. Penteio o cabelo, passo um monte de desodorante, visto a regata diretamente na pele, a calcinha e os shorts e quando estou prestes a sair vejo um panfleto de roupas para bebês na mesa. Miséria deve tê-lo trazido. Quando eu voltar, vou ter que ir às compras com ela, embora não possa pensar em nada mais chato.

Agora só quero ir me encontrar com Lucas.

32

Que horas você vai voltar hoje?, pergunto ao Walter antes de ele sair para a oficina.
Por que você não dorme, Miséria? Eu não queria te acordar. Aproveite para descansar. E eu, que não entendo o que deveria estar aproveitando, insisto: Aproveitar o quê?
Que você não vai mais trabalhar e que pode dormir o quanto quiser porque o bebê ainda não nasceu. O Walter se aproxima da cama novamente. Ele se senta e acaricia a mim e minha barriga dizendo: Me desculpa. Não queria ter te acordado.
Não consigo nem lhe dizer que fui eu que acordei meia hora antes dele e fiquei olhando-o dormir. Tenho que repetir: Que horas você volta do trabalho, Walter? Porque ele parece ter esquecido minha pergunta. E ele responde que não sabe, que volta tarde, que ultimamente muitas motos estão entrando na oficina e ele está com o trabalho atrasado. Ele se levanta e veste a primeira camiseta que encontra. Vem me dar um beijo que eu tento prolongar com a língua. Ele gosta e brinca comigo, esticando um pouco mais aquele beijo até se desgrudar de mim e sair. A princípio fico deitada e tento fazer o que ele me disse, mas, como não adormeço, também me levanto. Procuro a Cometerra e a encontro transformada, com os olhos pintados e vestida toda de preto. Pergunto se ela vai comigo comprar algumas coisas para o bebê, mas ela me diz que é melhor à tarde, que concordou em ir buscar a cachorra cedo porque o magrelo que cuida dela tem que ir trabalhar. A Cometerra está viajando, nem me dá bola. Também lhe pergunto que horas ela volta, mas está tão em outra que não consegue nem me ouvir. Só me diz que tem que se apressar, que vai sair daqui a pouco.

Hoje que eu preciso que ela fique comigo, está mais desligada do que nunca. Volto para o quarto, deito de barriga para cima e o peso do bebê afunda minhas costas e me machuca. Me viro de lado, feito uma bolinha, e aproximo os joelhos para poder rodear a barriga por completo. O bebê se move dentro de mim, não precisa chutar porque o sinto de qualquer forma, solto os joelhos e passo a mão onde ele começou a chutar. Eles nem percebem. Me deixam em casa para me preparar para sua chegada, mas meu filho está aqui já faz muito tempo. Nem ele nem eu sabemos esperar nem ficar presos. O que podemos fazer? Ouço a batida na porta de entrada da casa, é a Cometerra que saiu para encontrar seu novo bofe. Hoje prefere ficar com a cachorra e com ele. Fecho os olhos e volto a ficar como uma bolinha na cama. Por mais que eu tente, não consigo dormir de novo. Ligo a TV que o Walter comprou pra nós dois. Aparece uma floresta com muitas árvores e um urso marrom. Quando eu era criança, assistia a um programa de ursos. Minha mãe também havia comprado uma TV a prestação e o namorado que ela tinha na época subiu no teto do trailer para instalar uma anteninha que se abria como se fosse a cabeça de um alienígena. Era a primeira vez que tínhamos uma TV e minha mãe e eu não saímos de casa durante dias. Passamos todo o tempo comendo biscoitos e macarrão na frente do Zorro, de Chaves, Maria do Bairro e aqueles documentários sobre animais que nós duas gostávamos de ver.

O urso marrom na tela acaba de encontrar sua cria, um filhote brincalhão com o qual se aconchega na floresta. É assim que eu deveria ser agora, uma ursa que vai dormir todo o inverno se preparando para mais tarde, mas não consigo. Estou entediada e preciso conversar com alguém. E se eu ligar para minha mãe?

33

Nunca fui tão rápida em atravessar a feira e pela primeira vez percebo que aqui também vendem roupas para recém-nascidos, mas elas são de tantas cores quanto as grinaldas que tremem ao vento acima de cada banca. Há também algumas camisas brancas com colete e calças pretas, como se em vez de um bebê fosse um noivo que está prestes a se casar.

Procuro o endereço e continuo até encontrar a rua, quando olho para a altura do número percebo que estou a apenas dois quarteirões de distância e acelero. Também aqui não há terra ou árvores no quarteirão, mas na entrada do prédio, que brilha de tão limpa, há plantas tão grandes que não parecem ter estado em vasos. As paredes brancas nem sequer têm um arranhão. Antes de tocar a campainha, olho de novo para a foto de Lucas. O tempo todo vejo rostos e, não sei por quê, parece que o dele está apagado, que preciso vê-lo a cada momento. Procuro o apartamento dele no interfone e chamo. Lucas responde, e mesmo sabendo que é ele, pergunto:

— Lucas?
— Vou descer.

Alguns minutos depois, ele gira a chave e abre a porta de vidro para me receber. Me dá um beijo e entramos no elevador. Ele também acabou de tomar banho, mas cheira a cigarro e café.

— Não desci com a cachorra porque não quero que os vizinhos a vejam.

Os cabelos ondulados e úmidos de Lucas chegam-lhe aos ombros e são quase da mesma cor que os pelos da cachorra, como se os dois fossem da mesma família. Pele clara e olhos muito escuros, com cílios bonitos. Seu sorriso é lindo, porque os dentes são uniformes e muito brancos, mas acima de tudo porque sinto que nos conhecemos há muito tempo.

Mal saímos do elevador, ouço as patas da cachorra arranhando a porta e, assim que Lucas a abre, ela pula em cima de mim.

Senti falta dela também. Está tão animada em me ver que não me deixa dar um passo. Eu me agacho e a acaricio enquanto ela se contorce de alegria; adoro que em poucos dias ela tenha se afeiçoado assim.

O apartamento está muito arrumado, como se ninguém morasse ali. Lucas conta que um colega da clínica lhe pediu para trocar o turno para amanhã, então ele já não precisa sair.

— Não temos pressa. — Ele se abaixa, coça a barriga da cachorra que se oferece do chão, com as patas abertas e abanando o rabo sem parar:

— Você gostou da nossa casa?

Eu digo que sim, e depois pergunto:

— Por que você não me disse pra vir depois? Eu podia ter dormido um pouco mais.

— Porque eu senti sua falta, como a cadela.

Sinto um fogo subir de dentro de mim até inflamar meu rosto. Não respondo nada, mas fico olhando para ele. Lucas se levanta e vem até mim:

— Queria me perder o dia inteiro aqui com você.

— Ainda não me perdi em lado nenhum — digo sem baixar o olhar.

— Quer uma bebida?

— Não.

— Quer fumar comigo na varanda?

Volto a responder que não, sem que nenhum de nós dê um passo atrás. Estamos tão próximos que não consigo ver nada além do rosto dele. Lucas pergunta de novo:

— Então o que você quer?

Chego tão perto dele que não consigo me aproximar sem tocar seus lábios, e volto a sentir o hálito dos cigarros misturados com o primeiro café. O fogo no meu rosto vai se espalhando para todo o meu corpo e eu adoro. A boca de Lucas, os lábios, a língua, o cheiro, as mãos que passam pela minha cintura e que procuram a pele por baixo da minha regata. Não há melhor coisa no mundo:

— Quero continuar dormindo. Onde é sua cama?

34

Mesmo que esse ano eu tenha perdido um celular e o outro tenha parado de funcionar, sempre ponho o número da minha mãe de volta na minha nova agenda de endereços. Escrevo assim: minha mãe. Até o momento não tinha me animado a mandar uma mensagem para ela, mas hoje mais do que nunca quero ouvir sua voz dizendo: Ai, Miséria, é você? Me diz onde vocês estão!
 Mas ninguém atende e a caixa-postal está cheia. Minha mãe não deve ouvir as mensagens, nem deixou um recado gravado, e eu me pergunto se esse ainda é o número dela ou se ela o alterou, assim como eu. Ligo para ela de novo e acontece a mesma coisa, então já nem quero tentar de novo. Sinto muita falta dela e, como não me atende, a única solução seria ir lá e agora não posso. Meus tênis pretos deviam estar no chão. Procuro e não encontro. Olho para a cômoda e não tem nem um mísero macacãozinho de bebê. Nunca o cômodo me pareceu tão vazio. Quero encontrar os tênis, mas não sei por que os usaria agora, se não vou sair. Me enrolo na cama de novo e penso na minha mãe e em mim vendo TV juntas, agora lembro que o documentário se chamava *Animais que hibernam*, vimos um milhão de vezes porque sempre passava. Eu costumava pensar que hibernar devia ser dormir por muito tempo até que tudo melhorasse, mas agora não consigo nem adormecer por um dia. A Cometerra me contagiou com seus pesadelos. Por mais que eu feche os olhos, algo dentro da minha cabeça fica aceso.
 Quando o bebê nascer, vamos aprender a hibernar juntos, mas hoje preciso conversar. Pego meu celular de novo e procuro a letra T, aparece o nome da Tina e eu ligo. O telefone dela

toca muitas vezes e, quando eu acho que ela também não está, me atende. Parece muito feliz em ouvir minha voz: Tina, você vem hoje depois do serviço? É claro. Mal posso esperar pra te ver! Você precisa de alguma coisa?

Conto-lhe sobre as roupinhas do bebê e ela me tranquiliza: promete que durante a semana vamos juntas a umas lojas do outro lado da estação, que não pode falar muito comigo agora porque os chinos estão de butuca, mas que assim que ela sair, vai vir me ver. Quando a Tina desliga, me sinto um pouco melhor. Levanto-me porque tenho vontade de fazer xixi e, como o bebê aperta minha bexiga, não aguento segurar quase nada.

Vou ao banheiro, baixo a calcinha e me sento. Enquanto faço xixi, vejo meus tênis recém-lavados secando no varal. Tiraram os cadarços e as palmilhas e tudo está pendurado com pregadores. A Cometerra ou o Walter lavou para mim e agora parecem novos. Nunca estiveram tão limpos. Algo dentro de mim se alegra. Sinto que pensam em mim e isso me dá vontade de chorar. A Tina tinha me contado algo sobre gravidez e emoções e eu não dei a mínima para ela. Mas a ficha caiu: hoje estou muito emotiva. Pego os tênis, os cadarços e as palmilhas ainda úmidos. Vou pendurá-los na janela da cozinha, onde bate bastante sol, para que terminem de secar. Volto a me enfiar na cama e me enrodilho de novo. Falo comigo mesma, sabendo que meu bebê também ouve: Miséria, você tem que hibernar um pouco. Miséria: você tem que dormir até que tudo esteja melhor. Mas nem tento fechar os olhos.

Faltam horas para a visita da Tina. Falta muito tempo para o Walter voltar do trabalho. Nem sei quando a Cometerra e a cadela vão chegar. Todo mundo diz que falta pouco para o meu bebê nascer, mas enquanto isso estou sozinha. Penso nele todo pequenino dentro de mim e a primeira lágrima cai. Depois vão saindo outras, devagar. Hoje, chorar é para mim a forma de esperar todos eles.

35

Nem me passava pela cabeça que as estrelas tivessem nome e, na medida em que Lucas vai os dizendo e apontando para mim, vejo animais monstruosos no céu de Liniers. Estamos tão no alto que as luzes dos outdoors não conseguem apagá-las. Enquanto ele me fala, parece-me que os homens dão nome a qualquer coisa, como se um mundo sem nomes os assustasse, mesmo que não seja possível nomear tudo. As coisas do céu e da terra nunca terminam. Não sei como pedir que ele se cale, mas felizmente já desligou a música que ouvimos durante a tarde.

A noite tem seus sons.

Como estou quase sempre atenta à terra, as coisas do céu me escaparam.

Tomamos cerveja na varanda e, apesar de já ter passado das onze, está tão quente que a regata gruda na minha pele. Lucas pediu pizza às três da tarde e não comemos mais nada. Minha barriga ronca. Entrego-lhe a garrafa gelada e ele toma pelo gargalo. Enquanto isso, pego o celular e escrevo para meu irmão NÃO VOU VOLTAR HOJE. Quero esquecer dele e de Miséria e deixar que esta noite seja só minha. A cachorra se aproxima e pede carícias, as demais são para o Lucas que me devolve a cerveja como se fosse a única coisa que pode, por algum tempo, esfriar nosso corpo e a vontade de ficarmos juntos. Ele se levanta e entra para pegar um isqueiro, volta e a gente fuma por um tempo. Sai fumaça de seus lábios que mal se abrem para soprar para o céu, e me dá vontade de comer sua boca novamente. Quando me adianto para beijá-lo, meu estômago faz um barulho. Espero que Lucas tenha algum alimento para a larica que vai bater na gente. Pode-se ver que ele não gosta de cozinhar, apenas pedir coisas por telefone. Ele me conta como ficou feliz quando fui procurá-lo na clínica e que desde aquele dia esteve esperando por esta noite. Lucas me beija e eu volto a sentir o gosto de cerveja e da erva doce em sua boca. Agora ele faz tudo sem pressa. Levanta minha regata para continuar beijando do meu pescoço até onde começa a calcinha e acho estranho estar quase nua na varanda de um prédio. Além da cadela e das estrelas, ninguém pode nos ver.

As mãos de Lucas descem por minhas costas até chegarem à calcinha, ele a puxa para baixo e, quando ela está em meus tornozelos, movimento as pernas para ajudar a tirá-la e subo em cima dele. Parece que fui feita exatamente para me encaixar nos quadris de Lucas com as pernas abertas. Sua pica me penetra de uma vez, como se eu estivesse esperando por ela, e o abraço com todo o meu corpo. Lucas me dá um beijo enquanto faz força para me deitar de costas. Tenta não sair de dentro de mim, mas algo dá errado, porque quando me deixo empurrar até sentir o chão da varanda em minhas costas nuas, seu pau sai de mim por tempo suficiente para que eu perceba um cheiro animal. Lucas gosta dele muito mais do que qualquer perfume, porque me beija de novo enquanto põe as duas mãos no meu quadril para me arrastar em direção a ele. Não acho que poderíamos estar mais grudados, mas ainda tento apertar seu corpo com as pernas, enquanto ele empurra como se quisesse meter ainda mais fundo. Acima dele, tão perto que dá náusea, todo aquele céu que acabei de descobrir.

Quando o alarme toca de manhã, faço as contas: faltam poucas horas para que eu tenha passado um dia inteiro aqui. Preciso ir. Em que momento voltamos para dentro? Se eu não sentisse os lençóis grudados, pensaria que dormimos na varanda. Lucas se levanta, diz que vai ligar a cafeteira e tomar banho. Eu

não respondo, só olho para ele: é tão lindo assim pelado. Levanto-me também e a cadela abandona o cobertor dobrado ao pé da cama e me segue até a cozinha. A cafeteira ligada preenche o ar, mas eu procuro a chaleira, a cuia e a erva. Lucas tem uma fileira de potes e pacotes de café, alguns fechados, mas de erva, nada. Não consigo encontrá-la em lugar nenhum. Abro os armários, tentando não fazer barulho. Está tudo arrumado e há vários pacotes de biscoitos, sopas, chás de frutas, chocolates caros. Não tem mate, então fecho os armários e volto para a sala.
Encontro todas as minhas roupas, menos a calcinha preta. Ponho o short e a regata sem nada por baixo. Faço uma carícia rápida na cachorra que abana o rabo e me olha nos olhos; me parece que ela sabe que vai voltar comigo hoje e por isso está feliz. Ainda não comeu. Quando passarmos pela feira, vou comprar um osso com um pouco de carne e um saco de ração. Giro a chave para abrir a porta e saímos para o elevador. Felizmente chega vazio. Décimo, nono, oitavo... Quando chegamos ao térreo, encontramos dezenas de mosquitos enlouquecidos batendo contra os vidros de entrada. Assim como nós duas, esses insetos querem fugir. Pego o celular e procuro por Miséria: a última vez que ela se conectou foi às 23h51. Ainda deve estar dormindo e, como é muito cedo, não quero acordá-la. Também há uma mensagem de Tina:

Estou indo pra sua casa, precisamos conversar com a Miséria.

Também não respondo a Tina e guardo meu celular pensando se algo aconteceu.

Saímos para a calçada. Embora tenha amanhecido há poucos minutos, pelas ruas já há pessoas e ônibus acordando a cidade. A cachorra e eu somos as únicas que não vamos com pressa para algum trabalho. Lucas ainda deve estar no chuveiro, e me divirto pensando em quando ele sair e me procurar por todo o apartamento.

36

Encaixado! A Tina anuncia e seu rosto se ilumina.

É a primeira vez que ouço essa palavra e gosto: Você sabe o que significa? A Cometerra está quieta e não chega perto da cama, de pé como um fantasma, ela acabou de tomar um banho, mas ainda tem as mesmas olheiras das noites em que não dorme. Sei que algo está errado com ela. A Tina sentou-se ao meu lado e me disse que estava de folga hoje. As duas vieram juntas e esperaram o Walter ir trabalhar para se enfiar no quarto comigo. A cadela entrou com o rabo entre as pernas e as orelhas baixas. No início, fiquei assustada quando disseram: Miséria, viemos conversar uma coisa com você. Mas, como não respondi, a Tina veio até mim e disse: Você me deixa tocar sua barriga? Eu sei dessas coisas. Eu gosto que pelo menos uma das minhas amigas saiba sobre bebês. A Cometerra não faz a menor ideia, assim como eu. Além disso, deve ser a primeira vez que me pedem permissão, sempre tocam na minha barriga porque dizem que dá sorte. Puxo o lençol para baixo e levanto com cuidado a camiseta. O tecido não consegue mais se esticar, e minha pele tampouco. Olho para ela, as meninas de cabelos arco-íris me disseram que eu vou sentir falta da barriga mais tarde, então esses dias eu passo o tempo todo olhando para a barriga. Parece que alguém montou uma barraca em cima do meu corpo magro e que, além de tudo, o umbigo transformado numa mancha roxa é sua única porta. Quem será que vive escondido aqui dentro? A Tina põe as mãos para baixo e pressiona com os dedos estendidos como se estivesse procurando por ele. Repete a mesma coisa várias vezes e depois, com os dedos me apertando como se tivesse encontrado, sorri e diz: A cabeça do seu bebê está aqui embaixo, isso significa que está pronto pra nascer. Usa as duas mãos fazendo a mesma força, mas subindo até o resto da barriga, nas laterais, sem tocar no umbigo. Sinto seu toque sem que chegue a doer. Ela sorri novamente e diz que já descobriu como o bebê está acomodado dentro da barriga e que ele está muito bem: Já pensou num nome?

A cachorra não quer ficar ao lado da Cometerra, dá alguns passos à frente e levanta o focinho. Olho para seus olhos, seu nariz escuro, suas orelhas cor de chá, bem como as duas patinhas da frente tentando subir no colchão. Quero que se chame Polenta, mas ainda não falei nada.

Como vou escolher o nome do bebê se nunca vi os olhos dele? Além disso, se eu soubesse, não diria. Quero que ele ouça seu nome antes de todo mundo: Você vai se chamar assim e nós sempre cuidaremos de você.

A cadela se vira. Polenta, você vai se chamar Polenta, enquanto acaricio as patinhas que ela apoiou no colchão.

E Polenta sobe com tanto cuidado que nem balança a cama, avança abaixando as orelhas e as pálpebras, com um olhar de não fui eu, e se deita do meu lado.

A Cometerra me assusta. Ela ficou em silêncio o tempo todo e continua com cara de dor, como se tivesse mais medo do que eu. Só se aproxima quando a Tina termina e eu volto a guardar a barriga dentro da camiseta e me cubro com os lençóis: Miséria, viemos te propor uma coisa.

37

A esta distância, a terra é diferente. Na minha mão já está começando a se transformar. Deixei-a estar, por um tempo, na minha frente. Tina ficou triste quando soube que eu precisaria da terra que seus filhos haviam pisado. Ela me disse que ficou com o pequenino apenas até ele começar a andar.

— A terra — disse ela — talvez não se lembre dele.

Não preciso de muito: apenas alguns punhados dentro de uma garrafa transparente.

Fizemos um pacto, não tem mais volta. Ela fez sua parte: começou a ajudar Miséria e o bebê dela, e eu tenho que fazer a minha.

Como vou ficar depois de ver os corpos dos filhos de Tina?

Eu tinha jurado nunca mais comer terra e agora minha língua queima e meu estômago ruge, reclamando-a. A terra está cheia de segredos, mas não para mim. Ponho a garrafa sobre a mesa e pego um punhado para enfiá-la na boca e vou me enchendo de saliva. Meu coração ferve de amor pela terra, mas também de medo. Fecho os olhos e deixo uma mão apoiada sobre ela. Tina me segura a outra e aperta. Esqueci de dizer a ela que não gosto que me olhem, e agora é tarde demais. Sinto seus olhos desesperados fixos em mim enquanto a terra toma conta do meu corpo como uma droga. Engulo mais um punhado e começo a sentir que ela quer me contar. Ela me arrasta. O preto absoluto começa a brilhar e novas sombras são formadas. Eu me aproximo e vejo melhor, são duas criancinhas. Perseguem-se, empurram-se, apostam corrida. Ouvi-los é um grande alívio. Esconde-esconde!, propõe o maior, que começa a contar encostado a uma parede que eu não tinha visto antes. Como se aquela parede fossem as costas de uma pessoa, assim que ele a toca alguém grita de dentro. Os dois se sobressaltam. O pequeno se protege agarrando-se às pernas do mais velho. A parede é cheia de manchas úmidas, tem uma porta no centro e nada de janelas. Tento ouvir, mas as crianças me veem chegando e ficam quietas, não brincam mais de esconde-esconde nem se perseguem como dois filhotes. Eles têm, naquele par de olhos tão parecido com os de Tina, tanto medo quanto eu.

— Papi! — o garotinho diz e se aproxima da orelha do mais velho, fazendo as mãos em concha para soprar algo em sua orelha. Seu rosto se ilumina com as palavras do irmão, como se ele estivesse sendo trazido de volta à vida, até que a voz do homem grita novamente e atordoa nós três. Não há nenhuma fresta, janela ou fechadura que me permita espionar de onde vem essa voz terrível. As duas crianças se abraçam, protegendo-se do perigo daquelas ondas de fúria que rompem a pouca luz do meu sonho. As formas vão se fundindo e os filhos de Tina voltam para onde vieram, na escuridão quase total eu os vejo abrir a porta e se perder atrás daquela parede e então tudo fica preto, e, embora eu ainda ouça o homem gritando, eles não voltam.

Abro os olhos e antes de anunciar a Tina que seus filhos estão vivos, continuo apreciando o sabor e o peso da terra. Com a língua, procuro seus restos dentro da boca para saboreá-la por mais algum tempo.

Como vou ser agora que voltei a provar o corpo amado da terra?

38

A Tina xinga e chora quando lhe digo como é a casa onde estão seus filhinhos.

— O pai levou os dois de volta para sua aldeia e, como eles não têm documentos da Argentina, não posso denunciar. Estou juntando dinheiro. Quando eu tiver o necessário, vou buscá-los.

Fico em silêncio porque a tristeza dela me atinge.

Ela enxuga as lágrimas, junta as últimas fotos que ficaram aqui e as leva para a cozinha. Depois de um tempo, volta com o rosto lavado e um copo de água para mim.

Não há palavras com as quais eu possa confortá-la. Eu estou com ela e ela está comigo, nos acompanhamos. Sei que não posso fazer muita coisa: ver e contar, mas isso é o fim de tudo.

— Fique em paz, menina. Imaginei que ele tivesse levado os dois. Ele não conseguiu fazer isso com José porque ele é grande ou porque há algo nesse filho que ele nunca gostou. Mas eu não estou sozinha, a Liz e as outras meninas estão me ajudando. Estamos reunindo forças para trazê-los de volta. Tudo leva tempo, amadurece como uma fruta no galho da árvore que a alimenta. Com o que você viu, posso ter certeza.

Nos abraçamos por muito tempo. Eu preciso disso mais do que ela. Tina é sábia, sente minha tristeza e me sussurra:

— Cometerra, uma deusa lhe deu um presente porque você tem um coração que pode carregá-lo.

39

Esses dias a Tina estava me explicando coisas que eu preferia não ouvir. Nem mesmo os nomes das minhas partes que minha amiga diz que eu tenho que ir aprendendo. Sem perder totalmente a paciência, ela me repete: Deste corpo nascemos todas, Miséria.
Mas quero que isso acabe de uma vez por todas. Acordar uma manhã e o bebê estar ao meu lado e pronto. Do que a Tina me repete, só gravo algumas coisas. Minha favorita é: Você pode enganar a dor, Miséria.
Mas quando a dor vem, eu não tenho ideia de como enganá-la.
O Walter já foi trabalhar e eu, sozinha no quarto, arrumo as roupas limpas que acabei de comprar. Quando abro uma gaveta, sinto uma pontada nas costas. A pilha cai no chão e eu fico parada, esperando a dor passar. A pontada não esmorece, começa a descer pela minha coluna, esmagando minhas vértebras, e então sinto a temida barriga ficando dura. Espero que afrouxe um pouco, mas é como se uma faca estivesse sendo cravada na parte de trás da minha cintura. Como posso, vou até a cozinha para pegar o celular e ligar para a Tina, justo quando a Cometerra e a cachorra entram em casa. Vou contar a ela, mas em um segundo minha calcinha e a calça ficam molhadas com um líquido que tem cheiro de água sanitária e desce das minhas pernas para o chão. A cadela me fareja, dá alguns passos na minha direção com o rabo enfiado entre as pernas e, sem me tocar, fica parada na minha frente. Parece que ela sente pena de mim e eu me assusto. Nervosa, quase trêmula, a Cometerra pega o telefone e liga para a Tina e seu irmão. Com tudo isso, esqueci a chaleira no fogo e um forte

cheiro de metal queimado começa a chegar até nós. Ela desliga o fogão e eu me sento devagar na cozinha. Com um pano velho, a Cometerra tira a chaleira e a enfia sob a corrente de água fria e começa a esfregá-la com uma esponja de metal como se fosse a coisa mais importante do mundo. Ela está com medo, quer ocupar seu tempo em qualquer besteira até que um deles chegue. E eu preciso pensar em outra coisa, imaginar o rosto de um bebê que é uma parte minha, mas também do Walter, da minha mãe viva e da dele morta. O bebê de todos nós está chegando e eu não quero recebê-lo com medo.

A Tina é a primeira a chegar. Chega muito antes do Walter. Vamos para o quarto, fique tranquila. Ela diz como se já tivesse feito isso um milhão de vezes e, assim que entra no quarto, começa a arrumar algumas coisas que trouxe na cama. Venha, Miséria. Pode vir. Não tenha medo. Tire as calças e a calcinha. Livre de roupas, olho para minha barriga que foi mudando até atingir sua nova forma. Quer tomar banho? Pergunta minha amiga e eu digo que não enquanto visto uma camiseta grande do Walter porque é a única coisa que não me aperta, mas acima de tudo porque o cheiro do Walter é um escudo que protege meu filho e a mim. Quando estou pronta, ela me pede para escolher o lado da cama que é mais confortável para mim: descanse as costas e deslize pra baixo até ficar com os quadris pra fora. Eu tento fazer tudo como ela pede, mas por medo eu me movo devagar, o mínimo possível, então ela me ajuda: Assim, está vendo? As costas bem perto da borda da cama e as pernas de cócoras, abertas, mas te sustentando reta. Os braços abertos, bem agarrados no colchão. Não sei por que ela me explica tudo: Te juro que nunca mais vou fazer isso.

Todas dizemos a mesma coisa. Vai ver que quando o bebê sair, você vai gostar.

Da bolsa, ela tira um pano verde, grosso como uma toalha: Este é o pano prometido. Aqui você vai se apoiar com seu bebê quando tudo terminar. Mal a Tina consegue me acomodar, a dor volta tão forte que quase desmorono. Mas ela me pede para me concentrar: É a sua força, Miséria, você só tem que aprender a pô-la aqui.

Quando a Cometerra e o Walter entram, nem ela nem eu lhes damos bola, e a Tina os manda se lavarem com sabão em pó de lavar roupa. É verdade o que ela me dizia, é aí que está a força, e mesmo que eu não perceba, essa força funciona de qualquer forma. Bem dentro de mim é onde dói, agarrado às minhas costas algo puxa minhas vértebras para trás como se fosse arrancá-las. Se eu pensar apenas na minha força, assim como uma onda de sofrimento vem, depois de um tempo ela começa a desaparecer.

O Walter me segura e me deixa apertá-lo a cada novo puxo. Há momentos em que eu grito. Não percebo quando minha voz sai transformada da garganta para a boca. Uma força que está nascendo precisa de uma nova voz, mesmo que seja em gritos. Os bebês não fazem o mesmo? Gritando para abrir os pulmões? O Walter chega o mais perto de mim que pode. Mesmo que eu esteja encharcada de suor, ele tenta me fazer sentir que está comigo. Mas a Tina imediatamente me recorda: Não na sua garganta ou nos punhos, Miséria, aqui deve estar essa força. Você tem que direcioná-la para baixo e empurrar junto com ela. Quando me sinto no limite, a dor começa a diminuir até chegar a hora de descansar novamente. Se eu me esqueço, a Tina está lá para me lembrar: Você não precisa empurrar o tempo todo. É força e descanso. Quando a contração passa, você tem que se soltar, pra que seu bebê respire bem. Escute seu corpo, aprenda com ele. Só então a Cometerra se anima a se aproximar e secar meu suor. Enquanto isso, a Tina apalpa e sente como o bebê está descendo e abrindo seu caminho. Tudo com um sorriso, como se me acompanhar nessa coisa do meu filho sair fosse o que ela mais gosta no mundo: Você tem que se soltar para que ele também possa descansar e o ar chegue bem até ele.

Olhamos uma para a outra. Faz horas que ficar nua com elas não me envergonha. E quando a Tina termina de me fazer relaxar, ela repete: Quando sentir o bebê saindo, você vai gostar. E como eu não respondo, ela insiste: Não se assuste, Miséria. A dor também sabe fazer sua parte. É preciso confiar.

Um tempo depois, a dor é tão grande que tenho vontade de chorar. Acho que não vou aguentar. Tirem o bebê de uma vez, e ouço a voz da Tina como se fosse da minha mãe: Vamos, Miséria… Faça força aqui embaixo que vai nascer agora! Com o que me resta do ar, espero que as contrações voltem a endurecer minha barriga antes de começar a empurrar. Eu só penso na força chegando aos meus músculos, como se estivesse trazendo todo o meu sangue. Sinto uma pontada que empurra não só o corpo do meu filho, mas até a última bolha de ar dos meus pulmões, porém em vez de expeli-lo pelo nariz, me sai aos puxos da barriga. Aí está a cabeça. Anuncia a Tina. Agora vão vir os ombros!

Um puxo chega quase colado ao anterior, e me parece que não sou eu que estou empurrando agora, é o bebê que também faz o seu melhor esforço para sair de mim. Quer chegar ao mundo. Quer nascer. Imediatamente posso senti-lo, tão molhado quanto eu, nu como um sapinho e cheio de gosma, porque tudo depois de seus ombros passa em apenas um segundo e, de repente, estou sentada no tecido verde, enquanto todas as mãos que estão neste quarto recebem meu bebê e o trazem para mim. E é ele. Todo enrugadinho como se tivesse tomado um longo banho. Não é lindo? A Tina se emociona.

E então eu choro enquanto lhe digo seu nome, devagarinho, minha boca pressionada em sua testa, porque ele também vem até mim chorando e eu repito duas vezes, levantando um pouco minha voz para que ele possa me ouvir bem. Quando ele me ouve, fica calmo e eu ponho o dedo no meio da mãozinha dele e ele a fecha com força. Meu filho e eu ficamos enganchados para sempre.

E assim nascemos.

40

Eu nunca tinha tido sangue nas mãos até aquela tarde, quando segurei seu corpo nu e molhado, com a respiração agitada como se fosse um animal assustado e o coração que parecia que ia explodir, mas vivo. Então meu irmão, Tina e eu o levamos até Miséria, construindo um berço de dedos para protegê-lo até mesmo do ar. Nós o soltamos, mas ficamos manchados com aquele bebê para sempre e, assim que Miséria falou, soubemos seu nome e o repetimos perto de suas orelhas, tão pequeninas quanto as cascas de uma fruta recém-aberta.

Dizem que a magia não existe, mas nele eu olhei a magia de frente e depois chorei.

SEGUNDA PARTE

41

Levanto-me cedo, espio se eles dormem, ouço a respiração suave dos dois e aqueles movimentos que o bebê faz que são como continuar mamando no peito de Miséria, mas chupando o ar. Tão pequeno e já sonhando com coisas lindas. Limpo dos pesadelos horríveis que eu tenho. Depois vou para a cozinha e, se meu irmão estiver lá, dividimos um mate. Mas ele anda estranho, sério demais. Miséria e eu não o vemos muito, e quando volta para casa, é tudo sobre o bebê. Nunca nada sobre o Walter.

— Como você está?

— Muito bem.

Não é que meu irmão já tenha sido algum dia um grande falador, mas também não era tão seco assim.

— Está tudo bem na oficina?

— Estou preocupado com a grana.

Pobre a gente sempre foi. Sinto que há outra coisa e isso não me deixa tranquila. Nas manhãs em que ele sai muito cedo, tento me levantar com ele. Insisto:

— Mano, tudo bem?

— O mesmo de sempre.

A Polenta me segue no sol e na sombra. Dorme comigo no colchão e vem atrás de mim a cada movimento. Já nos acostumamos a sair juntas pelo bairro. O sol nasce mais cedo e se põe mais tarde. Os dias são longos, as noites são mais curtas e dormimos menos também, interrompidas pelo choro do bebê.

Lá fora, o mundo nunca dorme.

A cachorra aproveita aquele primeiro passeio da manhã para fazer xixi e correr pela calçada e quando chega à esquina, me espera para atravessar. E eu vou olhando para cada canto desse lugar que estou começando a sentir que é nosso. Até me tornei amiga das montanhas de lixo que nenhum lixeiro consegue recolher completamente. Um tesouro para os catadores que organizam seus fardos de caixas, pano e papel, e depois os carregam em seus carrinhos. Se chove, estragam e ninguém os leva, podem passar semanas se desmanchando na calçada.

Mas se algo mudou desde a chegada do bebê, foram os olhos nos cartazes. Não fico mais com náusea por causa dos rostos jovens e não acho que sejam garotas que não vão voltar. Todas me parecem vivas. Assim como a cadela fareja o lixo e o revolve com o focinho à procura de um osso com carne, eu olho para os postes e os pontos de ônibus tentando encontrar uma faísca acesa que me chegue do fundo daqueles papéis. Olhos de xerox me pedem para fazer algo por eles. E quando acho que encontro uma faísca nova, me aproximo com o celular e tiro uma foto. Chego em casa e Walter, Miséria e o Pirralho dormem no quarto deles. Polenta e eu estamos sozinhas de novo, ligo o celular e fico olhando para aqueles olhos por horas. Às vezes não consigo dormir porque penso em ligar para algum telefone. Não sei se sou eu que procuro olhos ou se são eles que me encontram. Acabo dormindo tão tarde que no dia seguinte nem consigo me levantar e, quando finalmente consigo, não ligo para ninguém. Eu me distraio facilmente porque é bom ver o bebê crescer pendurado nos seios de Miséria.

Mas uma manhã, quando acordo bem cedo querendo ver Lucas de novo e saio com a Polenta para o apartamento dele, eu o vejo.

Um cartaz me atinge como um soco na cara.

42

Melody: seus pequenos cachos claros, seu nariz diminuto, seus brincos de estrelas, seus olhos tão pretos que fazem o resto do xerox parecer claro.

Paro, chego com o celular o mais perto possível e tiro uma foto. Alguém puxa minha mochila com muita força. Quero fugir e correr, mas não consigo. Mal me viro e vejo um pivete um pouco mais alto do que eu, agarrando-me. A cachorra rosna para ele furiosamente.

Acho que ele quer me levar e tenho vontade de chorar. A escuridão do mundo me alcança em um puxão firme de minha mochila.

Quem vai me procurar se eu nunca mais voltar?

No desespero, imagino Miséria xerocando meu rosto para levá-lo a todos os lugares, o bebê muitos anos mais velho, segurando uma placa que pergunta por uma tia da qual ele nem se lembra, e meu irmão carregando aquelas xerox que seriam apagadas pelo tempo, perdendo a última coisa que lhe restou da família que éramos.

— Me solta! — grito e tento me afastar em um movimento brusco. Polenta rosna. — Me solta!

Posso vê-lo. Mesmo como é, magro e sem músculos, o pivete tem tanta força que me assusta. A cachorra morde as calças e fica presa a elas pelos dentes. Carros e ônibus lotados de gente passam, mas ninguém vem me ajudar. Parece que o garoto nunca vai me soltar.

— O que você quer? — digo, me virando de novo para lembrar bem do cara que está me levando. Quero gravar na minha cabeça, mas em vez de me enfiar em uma caminhonete com a porta aberta ou me forçar a entrar em um carro, o magrelo respira fundo e me pergunta:

— Por que você anda tirando fotos da minha irmã? Sua otária, você tem que saber de alguma coisa. Me diz onde ela está!

43

A Cometerra e o Walter saíram. O silêncio na casa me dá vontade de dormir mais um pouco, mas o bebê me olha com os olhinhos brilhando e sacode as mãozinhas. Posso passar horas olhando para ele. Suas unhas são transparentes, como se fossem de papel. Eu o puxo o mais perto possível para sentir sua respiração e algo também desperta em mim. O cheiro do meu bebê me anima. Tenho uma vontade terrível de beijá-lo além do rostinho e do pescoço, de continuar percorrendo-o com o nariz e a boca. Mas ele se agarra a um dos meus seios e começa a mamar, grudado em mim como um macaco. Está engordando e acho quase impossível que meu corpo consiga saciá-lo tanto. Já não é mais o bebê, ele é o Pirralho, como todos o chamam. Não para de crescer e está cada dia mais forte. A não ser pelos meus peitos, eu estou mais magra do que nunca.

Nossas manhãs juntos sempre começam iguais. Ele mama por muito tempo e minha garganta fica seca. Lá fora não tem ninguém para me passar um mate ou me trazer um copo d'água, então assim que ele acaba eu corro para a torneira da cozinha.

Quando meu filho começa a brincar com meu peito como se fosse uma chupeta, eu o afasto para ir buscar o celular que deixei carregando perto da cama e ligo para o Walter. O telefone toca cinco vezes, mas ele não me atende. Escrevo uma mensagem: Vocês vão parar pro almoço hoje? Mas apago antes de enviá-la. Olho para a cabecinha oval do nosso bebê e escrevo outra: Você pode vir comer com a gente? Desta vez eu mando. Eu não lhe digo quando, dou o dia inteiro para ele conseguir dar uma escapada e passarmos um tempinho nós três juntos. Enquanto isso, não faço ideia do que vamos fazer. Quero tirar a fralda dele e dar banho, fazê-lo brincar com a água sem passar frio, mas toda vez que tento enfiá-lo no chuveiro ele grita feito louco. Além disso, não se senta sozinho ainda. Sempre acabo secando-o antes de terminar. E tenho que dar o peito de novo, sem secá-lo ou vesti-lo, porque só assim ele se acalma. Se o Walter estivesse conosco, tudo seria diferente. Hoje vamos passear. Eu gostaria que a Polenta estivesse aqui para que nós três pudéssemos brincar um pouco, mas a Cometerra a levou bem cedo. Estamos, como sempre, o bebê e eu. Saímos e acho que nunca estive tão sozinha ou trancada. Caminhamos por muito tempo, procurando o sol para mim e para o bebê, e lá eu vejo: uma faixa de um lado a outro do quarteirão que dá para a General Paz: Magia Negra. Fazemos amarrações e trabalhos para o amor. Madame Rainha da Noite e um número de telefone.

Um ovo preto e rachado volta para mim, mas dessa vez não me assusta. Aperto o bebê contra o peito e sinto que é hora de voltar. Quando chegamos em casa, ele e eu estamos igualmente cansados e nos deitamos juntos para tirar um cochilo, mesmo que a cama tenha se tornado uma bagunça. Acordamos algumas horas depois porque a Tina está me ligando. Os chinos não estão lá e ela põe no viva-voz enquanto trabalha para que possamos conversar por horas. O bebê também gosta de ouvir a voz dela e eu aprendi a colocá-lo no peito e segurá-lo com uma mão, o celular na outra.

São sete horas e as luzes da rua já se acenderam. O Walter nem respondeu. Eu nem sei se ele leu minha mensagem ou não, porque sem me dizer nada ele tirou as duas listinhas azuis do WhatsApp.

44

— Me solta que eu te digo.
— Não, você sabe alguma coisa sobre minha irmã. Primeiro você me explica e depois eu te solto.
—Assim eu não consigo — eu digo e paro de lutar.
— Ok, vou te soltar. Mas você tira esse animal das minhas costas ou eu vou dar uma patada nele.
— Vem, Polenta, solta ele.
Quero inventar qualquer desculpa, mas não consigo pensar em nada, e o magrelo parece estar ficando cada vez mais irritado.
— Fui eu que preguei esse cartaz. Responde. De onde você conheceu a Melody?
— Eu não a conheço, só queria ver se conseguia ajudar a encontrá-la.
Dizer a verdade é muito difícil. Especialmente se essa verdade for para explicar o que eu faço. Mas, pelo medo de ele não me deixar ir, esqueço da mochila, da Polenta e também dele, para começar a falar da terra. Fico cada vez mais entusiasmada ao contar, passo a passo, tudo o que passa pelo meu corpo toda vez que ponho terra na boca. Lembro-me das garrafas quando as destampava e cheirava a terra, como se fosse sempre uma primeira vez para ela e para mim.
O magrelo fica paralisado.
— Se você acredita em mim ou não, não me importa. Você me pediu pra contar o que eu estava fazendo com a foto da sua irmã e eu te contei. Eu acho que ela está viva.
— Claro que a Melody está viva — responde o pivete sem pensar.

Ele fica em silêncio, e acho que sinto que, pela primeira vez, a ideia de Melody estar morta passa por sua mente. Ele se irrita novamente e diz:

— Se você estava pensando em ligar pra esse número de telefone, venha comigo agora, e eu vou encontrar a terra da Melody.

— Me deixa em paz. Capaz que eu vou sair com um cara que acabei de conhecer.

Por querer ajudar uma menina, me meti em uma confusão terrível. Nunca vou conseguir fugir disso.

— Olha. Você disse que ver a Melody fez você querer ajudá-la. Eu te ajudo e a gente termina logo.

Olho para ele e sei que me fala de coração:

— Concordamos em uma coisa: minha irmã está viva ainda. Você vai deixá-la morrer?

45

Ligo para Lucas e digo que vou levar Polenta mais tarde. Nota-se que ele estava ansioso para nos ver e me dói muito ter que cancelar.

— Agora não vou conseguir. Eu te escrevo depois. — Tento tirá-lo da cabeça. É hora de se concentrar em Melody.

Guardo o celular na mochila e parto, com a cachorra e o magrelo, para a casa dele. As ruas estão cheias de carros, por isso tento não deixar Polenta se afastar. Alguns quarteirões depois, pego o telefone para ver se Lucas me escreveu alguma coisa, mas não. Leu a mensagem e me deu um joinha. Continuamos caminhando por uma área de edifícios antigos e cinzentos onde quase não há árvores. Quando aparece alguma, Polenta aproveita para farejá-la e mijar nela. Os pivetinhos jogam futebol contra muros grafitados.

Em um semáforo, volto a olhar o celular, mas não há nada de novo. Em vez de guardá-lo, tenho a ideia de mostrar ao irmão de Melody as fotos das outras garotas que fui guardando no último mês.

—Ahhhh... Você ajudou todas essas garotas?

Não posso dizer que ainda não me animei a ligar para nenhum dos telefones, então permaneço em silêncio, só abro a boca para repreender Polenta quando late para outro cachorro. Quem fala é o garoto:

— Meu nome é Alex e moro com meu pai, minha avó e a Melo há anos. Ela nasceu aqui.

— E está sumida faz quanto tempo?

— Desde domingo. Foi jogar futebol com as amigas. Elas a viram sair da quadra, mas não voltou para casa.

O garoto e eu ficamos calados. Só Polenta está feliz. Tudo de que ela mais gosta é vagar pela rua. Andamos tanto que começo a perceber que nunca vim para esse lado. Se Melody desapareceu nessa área, por que Alex vai tão longe para pregar os cartazes? Olho para os postes e não vejo nenhuma foto dela.

Chegamos a uma ampla avenida. Nesta parte também existem algumas lojas, mas parece que foram abandonadas há mil anos. As únicas que funcionam são bancas que as pessoas instalam na frente de casa, ou no térreo de prédios, aproveitando uma janela para a rua. Passamos por uma quitanda montada em uma garagem. Uma placa de Temos Bebidas Alcoólicas está colada na geladeira que aparece por entre os caixotes de frutas. Também uma caixa com alfajores e amendoim com chocolate. Minha barriga ronca, mas acho que está tudo bem, é melhor que esteja vazia para receber terra.

Alex me diz que estamos prestes a chegar lá e só então me atrevo a perguntar a ele:

— Por que você colou os cartazes da Melody só perto da estação?

— Colei cartazes da Melody pra tudo quanto é lado, mas assim que eu colava, alguém ia arrancando. É por isso que fiquei com tanta raiva quando vi você fazendo a mesma coisa.

Olho para os postes e não vejo nenhum cartaz dela ou de qualquer outra menina. Há apenas um pôster que diz: Madame, magia negra. Faz-se amarrações e trabalho, e um olho aberto azul-claro.

— Por aqui colei centenas deles e tiraram, perto da Rivadavia eles duram mais. — Alex olha para mim e acrescenta: — Além disso, foi assim que te encontrei.

Polenta achou um pedaço de pão e o carrega na boca como se fosse um tesouro. Os quarteirões estão cada vez mais solitários.

Paramos em frente a um portão enferrujado que mais parece um santuário do que uma entrada: uma foto de Melody em tamanho natural está rodeada por dezenas de xerox em que a menina sorri com as amigas, joga futebol, posa de óculos escuros ou abraça o irmão. Todas as imagens foram recortadas e coladas lado a lado, às vezes sobrepostas em uma colagem amorosa que mostra ao mundo o quanto eles sentem falta dela. Diz: Procuramos Melody, em letras vermelhas, e, quando Alex enfia a chave na porta e a abre, entramos em uma antiga casa que não tem plantas. A grama cresce selvagem na borda do quintal, abandonada por todos, exceto por uma videira que deve ter cerca de cem anos. A avó vem nos receber, mas nem Alex nem eu lhe explicamos o que vou fazer. Ela também não pergunta. Digo aos dois que preciso ficar sozinha por um tempo e Alex leva a avó com doçura:

— Ela veio nos ajudar.

Eu me inclino para tocar a terra e acho muito difícil afundar os dedos nela, está dura. Parece que faz mil anos que ninguém a rega. Ela sabe que Melody está desaparecida e foi secando até se rachar e ficar triste, desesperada como o resto de sua família.

Apoio as mãos e imploro que me permita ver e ela me deixa ir quebrando pedaços seus como se fossem peças de um quebra-cabeça só para minha boca. Vou arrancando-os para levá-los à língua e devolver um pouco de sua umidade. Faço um esforço para começar a engoli-los, um após o outro. Raspam. Minha língua vai se enchendo de saliva e tento abrandá-los um pouco antes de enfiá-los goela abaixo, porque me machucam, essa porção de água a transforma em terra viva para começar a contar.

Quando sinto a barriga cheia, fecho os olhos e Melody está lá. Descansa sobre lençóis brancos em um quarto de janelas envidraçadas. Nenhuma delas está aberta e a falta de ar me deixa tonta. Me aproximo dela e vejo o curativo que comprime sua cabeça no travesseiro. Mesmo dentro da visão, volto a me surpreender. Um hospital de novo?

Vasculho o corpo de Melody em busca de uma resposta, mas não encontro nada além de uma pequena tatuagem em seu ombro esquerdo. Um olho muito pequeno que não tem pálpebras ou cílios me observa ali da sua pele.

Ao lado de sua cama, outros pacientes descansam e uma enfermeira os verifica um a um. Tira sua temperatura, mede a pressão arterial, abre a boca deles e espia lá no fundo da garganta com um palito de madeira.

Caminho encostada na parede, avançando por esse labirinto, esquivando-me de doentes e portas, até chegar a um cartaz muito grande. Vou me aproximando lentamente, no meio de uma sala cheia de gente. Nunca consigo ler em meus sonhos, e desta vez também não. As letras pulsam como um coração assustado querendo se separar do fundo. Antes que saltem e percam o lugar, pego rápido meu celular e tiro uma foto delas.

Uma enfermeira vem até mim com uma cadeira de rodas. Se eu não correr, vai me atropelar. Quero, com todas as minhas forças, abrir os olhos para escapar enquanto a enfermeira me obriga a sentar. Assim que apoio meu corpo no lugar, eu o perco. Não consigo mais ficar em pé nem andar e a mulher me dirige para a saída. Está querendo me expulsar do hospital. Quero acordar, mas meus olhos estão pesados. Freamos. Não faço ideia de onde estou. Sinto dedos ossudos entrando pela minha boca até me dar ânsia de vômito. Minha língua arde como se eu tivesse sido obrigada a tomar um remédio horrível. Fecho os olhos porque o cansaço leva a melhor.

Olhar o mundo de frente é mais difícil do que olhar de dentro de uma visão. Fora dos meus sonhos não há ninguém para me guiar. Sou recebida pelo rosto assustado de Alex e pela voz gentil de sua avó perguntando se eu consegui ver alguma coisa. Não estou mais no pátio de sua casa, mas deitada em um quarto, meus braços e pernas perderam a força.

46

Não é nada, Miséria. Estive trabalhando tanto tempo que nem olhei pro celular. O Walter entra no quarto parecendo ter sido atropelado por um carro. Faz meia hora que o bebê adormeceu em cima de mim e eu não quero que sua voz o acorde, então me movo devagarinho, giro-o até deixá-lo apoiado nos lençóis e saio do colchão me arrastando. Faço um sinal para o Walter e nós dois vamos para a cozinha: Te escrevi supercedo e você nem me respondeu.

O Walter está segurando um pacote gigante de batatas fritas: Estou acabado. A gente precisa conversar agora? No começo eu fico com tanta raiva que ele come sozinho, mas depois também como, até o pacote de batatas fritas ir sumindo. Pelo menos você podia ter respondido: Não posso. Aí ele aproveita e me diz de novo: Não é nada, Miséria. Eu tinha tanto trabalho que nem olhei pro celular. Mas isso não é suficiente para mim. Pego a caixa de fósforos e acendo o fogão. Pego um par de hambúrgueres e ponho sobre a grelha que já começou a esquentar: Você não pode ficar o dia inteiro sem saber o que nós dois estamos fazendo. O bebê está crescendo e você nem se dá conta. Nunca está aqui, e quando você chega à noite, vai direto pra cama. Ele me responde, mas eu nem o escuto mais. Vou para o quarto olhar o bebê. Eu o beijo em uma das perninhas e ele se espreguiça, estirando os braços para trás. Depois se acomoda feito uma bolinha para continuar dormindo. Volto para a cozinha e o Walter nem se mexeu. Parece um fantasma. Nota-se que na verdade está pensando em outra coisa.

Amanhã, se eu te enviar uma mensagem, espero que você responda. Corto dois pedaços de queijo e ponho em cima de cada hambúrguer para derreter. Aguardo alguns minutos e sirvo-os no mesmo prato. Entrego ao Walter um jogo de talheres e pego um garfo para mim. Parto um pedaço de hambúrguer e ponho na boca. Mastigo minha raiva. Eu estava trabalhando o dia todo, não é que eu não quisesse vir. O Walter tenta acariciar meu joelho e eu tiro a perna. É difícil para mim explicar a ele o quanto me dói que ele esteja tão ausente. Meu velho desapareceu quando eu era bebê e não quero que o mesmo aconteça com meu filho. Faz com que uma tristeza fininha como uma espinha de peixe cave fundo dentro de você e te machuque para sempre. Quando terminamos de comer, voltamos para o quarto e aproveito que o Walter olha o bebê. Preciso tomar um banho rápido. Ligo as torneiras e o vapor enche os azulejos de gotículas, tiro a roupa. O banho quente está dissipando meu mau humor. Respiro sentindo o perfume do sabonete e me demoro o tempo que quero. Então destampo o shampoo. Quando canso, enxaguo a espuma no cabelo. Eu me enrolo em uma toalha e vou até o quarto deixando pegadas de água. Em vez de cuidar do bebê ou ir dormir ao lado dele, o Walter está enfeitiçado pela tela do celular. Pergunto se ele vai tomar banho e ele diz que não, que está muito cansado, que amanhã de manhã ele toma. Nem olha para mim. Mas eu olho para ele: o cabelo, a cara de perfil, os olhos grudados no telefone, as mãos que o sustentam, o cabo que vai do celular até o plugue na parede. Ele demora um pouco para virar a cabeça e quando me vê, abaixa os olhos. Apaga a luz e se deita sem dizer nada. Eu também perdi todas as minhas forças. Eu me cubro com os lençóis e sinto o perfume do xampu se misturar com o cheirinho do meu bebê. Fecho os olhos, mas ainda estou acordada. O Walter está mentindo para mim e não sei por quê.

47

— A Melody está viva.
Os dois se abraçam e a avó chora lágrimas de felicidade no ombro do neto.
— Onde ela está? — pergunta Alex.
— Num hospital que eu não conheço. Pude vê-la no quarto, de olhos fechados.
Pego o celular e procuro a última foto. Leio em voz alta: Cooperativa do Hospital Piñeiro.
Alex procura no celular o endereço do hospital e, assim que o encontra, se levanta e vai até a porta.
— Meu estômago está doendo. Preciso comer alguma coisa.
A avó traz um pratinho de uvas recém-lavadas. Elas me fazem bem.
O pai da Melody entra logo em seguida. Alex lhe diz que sua filha está viva, que eles têm que ir buscá-la agora, e eu posso ver os próprios olhos de Melody, cercados de rugas, olheiras e cansaço. Termino de comer e saio devagar da cama. Polenta me segue até a porta, onde Alex me abraça.
Ele diz que querem me acompanhar, mas não têm carro.
— Não se preocupem. Volto com a cachorra.
Num pedaço de papel, escrevo meu número. Nem preciso falar para ele me avisar da Melody.
Alex me agradece e se despede de nós:
— Assim que a gente encontrar a Melody, eu te aviso.
Gosto tanto de ajudar a encontrar uma menina viva que me dá uma vontade enorme de continuar comendo a terra de todas, mesmo que eu perca meu corpo e coração nisso. Deparo-me com dois anúncios de meninas desaparecidas e não tiro

mais fotos delas, cuidadosamente as descolo, dobro-as sem que elas rasguem e as enfio no bolso.

Quando chegamos em casa, encontro Miséria com o bebê no colo. Ela está tão brava que nem me pergunta de onde viemos.

— Miséria, acabei de comer terra. Estive o dia todo tentado encontrar uma menina e estou exausta.

Ela se aproxima. Tenho medo de que ela comece com a ladainha de Aqui seu dom vale ouro, mas ela só abre os braços para me envolver com tanta força que me desperta. O Pirralho está no meio de nós duas, feito o recheio de um sanduíche de amor.

Miséria me ajuda a trazer o colchão e arrumar minha cama. Quando vou dormir, ela me dá um beijo e sussurra no meu ouvido:

— Descanse, amanhã a gente conversa.

48

Eu sabia que Ana ia vir. Assim que fecho os olhos, a escuto.
— Você disse que não ia mais comer terra.
Agora sou eu que estou brava com Ana. Ela não pode vir tranquila nem por uma noite?
— Sim, Ana, eu quero comer terra. Experimentei e voltei a gostar.
Dá para ver que ela não esperava essa resposta, porque fica calada. Algo em seu rosto acorda.
— Era isso que eu queria te ouvir dizer. Descanse. Amanhã eu venho te buscar.
Sua voz soa doce pela primeira vez em muito tempo.
Depois a professora Ana se aproxima e acaricia minha testa em silêncio por um longo tempo, e no final ela me dá um lindo beijo, como se fosse uma bênção, e sai do meu sonho.

49

Sento-me no seu colchão sem fazer nenhum barulho, mas parece que a Cometerra nos ouve respirando. Ela acorda no mesmo instante e eu pergunto: Vamos dar uma volta? Ela não responde. Estende os braços para pegar o Pirralho. Tenta sentá-lo no chão e põe seu travesseiro o escorando para que não caia. Você e eu tínhamos algo pra conversar. Ela se levanta com o bebê no colo e diz: Ai, que pesado! O Pirralho solta umas risadinhas curtas, que nunca tínhamos ouvido antes, como se fosse um soluço alto, e ela me devolve o bebê para ir ao banheiro se arrumar, e eu pego minha mochila e enfio nela uma fralda e uma muda de roupa. Abro a porta e repito: Quando você quiser, podemos conversar, mas a Cometerra sai sem me dar bola. É meio-dia, estamos caminhando juntas, esquivando-nos das pessoas que lotam as barracas de comida. Em uma delas compramos duas porções de um pudim de laranja e um copo grande de limonada. Meu dinheiro está na mochila, então para pegá-lo eu lhe passo o bebê de novo. Vem cá, Pirralho gordo, vem com a titia. Dou risada quando ela faz uma voz diferente para falar com ele.

Desviamos da esquina da loja, nem quero olhar para a porta. Não vou voltar para lá. A única coisa que sinto falta é de conversar com a Tina. O próximo quarteirão é um mundo de pessoas e, quando estamos chegando à avenida, eu digo: Vamos pro outro lado pra ver o que tem lá. Você conhece alguma praça pra gente se jogar na grama? Não, não faço ideia. Ela me diz que andou para aqueles lados, que indo em direção ao subúrbio há um cemitério. Faço cara feia para ela e tiro o Pirralho dos seus braços. Ali não, vamos reto pra ver o que tem lá. Um quarteirão depois da barreira, tudo começa a ficar estranho. Vitrais com santinhos loiros, alguns com asas e bochechas rosadas. Bebês com mantos brancos e auréolas. Mulheres com tecidos claros e mãos juntas rezam e olham para o céu esperando milagres. Um Jesus crucificado está coberto de sangue atrás de um vidro, tem um coração enorme perfurado com espinhos e, ao seu redor, criancinhas aladas tentando voar. A Cometerra aponta o próximo quarteirão, dá pra ver um lugar tão grande que parece um castelo. Suas paredes são altas e cercadas por grades, seus tetos se estendem em direção ao céu terminando em uma cruz. Há muito tempo, minha mãe me falou sobre essa igreja e esse santo. Sua imagem é tão bonita, de tirar o fôlego. Mais adiante, há uma porta muito menor e está aberta. Estou animada para entrar e ver o santo, mas a Cometerra fica na calçada. Insisto: Essa é boa, vamos entrar. Mas ela não se mexe: Não gosto desse lugar. Não entre. Não se preocupe, Cometerra. Eu o vi um milhão de vezes. São Caetano. Não te deixa faltar nem pão nem trabalho. Quero ver ao vivo o rosto que vi mil vezes nos santinhos. Entro na igreja com o Pirralho no colo. Assim que entro, uma mulher se aproxima de mim. Você veio pelo anúncio de emprego? Respondo que não e tento afastá-la para poder ver o santo. As colunas e paredes são do branco mais perfeito que já vi na vida e todas terminam em anjinhos voadores. À frente, bem no alto, há uma cruz de madeira. Está procurando o serviço social? Fico irritada e repito que não, só quero ver são Caetano. Vestido de branco como toda a igreja, com o menino que parece uma menina com cara de boazinha envolto em um pano azul-claro, seu cabelo é tão dourado quanto o trigo com o qual é adornado. Minha mãe vai adorar quando eu contar a ela que eu realmente vi são Caetano. O Menino Jesus tem olhos azuis como os anjos. Você veio batizá-lo? Diz a velha que grudou em mim como uma mosca. É para que o pecado original, o primeiro pecado que todos temos, possa ser apagado. Se você não o batizou, seu bebê ainda está maculado. Essa sujeita é uma louca. Que pecado pode ter um Pirralhinho como o meu? Nem respondo mais. Vejo atrás dela uma pilha de panfletos: Procuradas. Pego alguns e enfio no bolso. Dou meia-volta e saio para a rua.

Em vez de me esperar na calçada, a Cometerra atravessou em direção aos vitrais da frente. Está olhando umas deusas de cabelos pretos e compridos que saem de uns caracóis gigantes. Têm seios tremendos e os vestidos marcam seus corpos como se fossem cantoras de cúmbia. Nós três continuamos avançando juntos até que a Cometerra para em outro local. Deusas morenas nascendo das águas com os braços abertos parecem nos chamar, e o vendedor aproveita e vem pra cima de nós: Entrem, aqui as deusas e os santos sabem tudo. O bebê volta a dar aquelas risadas curtas que contagiam até o santeiro. E esse, quem é?, pergunto, apontando para um santo negro e musculoso com vestes vermelhas e ornamentos dourados. Xangô: Tem armas nos braços. Ele foi um guerreiro muito poderoso que por engano destruiu sua casa e também a esposa e os filhos. Ele a amava tanto que, por causa dessa dor, tornou-se orixá da justiça, do raio e do trovão. E esse outro? Aponto para uma estatueta toda preta com um homem tão musculoso como o anterior, com dois machados nas mãos e colares brancos e dourados tão longos que chegam ao cinto. Parece que ele está prestes a dar um salto na nossa direção. Esse é Pai Xangô, o Deus dos vulcões. É filho do anterior, que teve três esposas e muita descendência. Que engraçados esses santos que beijam de língua, brigam, matam e engravidam mulheres. O vendedor parece adivinhar meus pensamentos: Entre os deuses iorubás também há o mal, se você quiser podemos ir atrás dessa cortina e eu te mostro. Agradeço-lhe negando com a cabeça.

O Pirralho estende as mãos para alguns colares coloridos que estão pendurados em uma cortina brilhante e o vendedor faz cara de espanto. Vamos lá, peço à Cometerra, que finalmente reage: Pelo menos vamos comprar algumas velas pra quando a luz acabar.

Caminhamos quase sem esperança de encontrar uma praça. Eu a alcanço, está diante de um grande poste com um cartaz xerocado. Nos aproximamos e o Pirralho estende as mãos para a menina: Marylin, dezesseis anos, sua família está procurando por ela. O que será que aconteceu? A Cometerra cuidadosamente descola o cartaz. O peso está me matando. Vamos voltar e comer no meu quarto. Além disso, o Pirralho vai querer o peito. Caminhamos de volta para casa. Um quarteirão mais à frente, há um cartaz da Marylin atirado no chão. É uma xerox igual à anterior, mas a Cometerra fica olhando da mesma forma. Paro na frente dela para lhe passar o Pirralho e ponho as mãos nos bolsos. Tiro os panfletos e mostro para ela: Vemos rostos de várias meninas, algumas tão pequenas quanto Marylin. Todas estão desaparecidas. Eu digo: Guardei esses panfletos pra você. Ela muda de assunto dizendo que vamos ter que nos apressar antes que o Pirralho chore. Cometerra, aqui desaparece gente o tempo todo. Aqui, seu dom vale ouro. Eu quero te propor algo, e você vai ter que me ouvir.

50

O Pirralho está enorme. Ele não só cresceu e sentou-se sozinho, como também aprendeu a apoiar as mãos e ficar de quatro para se balançar para a frente e para trás. A qualquer momento ele começa a engatinhar e a casa não está pronta para ele. Miséria e meu irmão quase nunca varrem e deixam tudo jogado.

— Ei, Miséria. Preste atenção pro Pirralho não tocar na tomada de trás da porta.

Miséria não me responde, mas Tina diz que sim, que é um perigo, e que já lhe disse várias vezes.

O Pirralho nos ouve e fica feliz, se balança mais forte porque sabe que estamos falando dele e tenta avançar no chão, ele se senta de novo e faz uns barulhinhos com a boca como se quisesse falar conosco.

Eu o levanto e o levo para a pia da cozinha para lavar as mãos. Demoramos muito tempo porque, enquanto o limpo, faço borbulhas com um pouco de água e detergente. Quando voltamos, o rosto de Tina está vermelho, como se estivesse chorando, e Miséria está em silêncio na frente dela. Nos aproximamos da mesa e eu passo para ela o Pirralho e, antes de me sentar também, dou-lhe um beijo na cabeça. Seu cabelinho agora tem um novo perfume. É o xampu que Tina comprou para ele e que Miséria passa toda vez que lhe dá banho, para que ele perca o cheiro doce de seu leite. Desde que começaram a lhe dar comida, ele cresce muito rápido.

Aproximo minha cadeira da mesa assim que Tina começa a lhe dar um purê amarelo de algo que não sei o que é, e pergunto:

— O que o Pirralho está comendo?

— Banana amassada com leite e cereais.

Como nenhuma delas diz mais nada, percebo que interrompi uma conversa e que há algo que elas não querem me dizer.

— E vocês, o que está acontecendo?

Tina responde que brigou com o filho e que está cansada dos homens, e Miséria se junta nas queixas.

— Seu irmão é a mesma coisa, ainda está todo desanimado e não cuida de nada. Também não quero mais nada com os caras — finaliza com um gesto tão exagerado que tenho de morder o lábio.

— E isso, o que é? — pergunto, apontando para o Pirralho, e as duas me olham com uma cara raivosa assustadora.

— Isso é um bebê — diz Tina. — Mas repare que não estamos pra brincadeiras.

— Não estou fazendo piada. O Pirralho é um homem, ou pelo menos vai ser. — E não continuo a discussão porque meu celular toca.

É Alex quem me liga para falar de Melody. Vou até a cozinha para ouvir a sós a mensagem e ele diz que a irmã está melhor, que está fora de perigo, que ainda está no hospital, mas que terá alta no dia seguinte, que não se lembra de nada que lhe aconteceu e que na ponta do braço tem uma tatuagem que não tinha antes. Pergunto que tatuagem é e Alex me diz que é uma pequena, que sua irmã não tinha: um olho azul-claro que parece um peixe sem rabo. Eu digo a ele que a única coisa que importa agora é que Melody vai se recuperar.

Quando Alex desliga, eu volto para a mesa e até o Pirralho está me encarando. Miséria é a pior.

— Eu já te contei. Voltei a comer terra e deu tudo certo. Encontramos uma menina viva.

— Você encontrou — esclarece com um sorriso de orelha a orelha.

Eu queria contar só para Miséria, mas Tina não ia embora nunca.

— Quero voltar a comer terra pros outros, mas aos poucos.

— Você não vai conseguir fazer isso aqui — avisa Miséria imediatamente, como se já estivesse pensando nisso. — E é isso que eu queria te propor: Vamos procurar um bom lugar que seja perto da estação.

— Que boa notícia, meninas — entusiasma-se Tina.

— Você tem que fazer alguns panfletos escritos COMETERRA Vidente, a melhor buscadora do mundo.

Tina está rindo.

— Miséria! Você não acha que está ficando um pouco fora de controle?

— Não — ela responde e pega o Pirralho, que não quer mais comer. — E quanto você vai cobrar?

— Não sei, Miséria. Eu só quero voltar pra terra, o resto não importa tanto pra mim.

Mas ela não para de falar... Ela me faz mil perguntas e, mesmo que eu tente não ouvi-la, na última não consigo ficar calada:

—Vamos fazer um Instagram da Cometerra Vidente?

— Não! Nem pense em fazer isso! Por favor, esqueça.

Termino o mingau do Pirralho e pego o celular para escrever ao Walter:

— Tenho uma coisa pra te dizer, mano. Que horas você vem?

51

A Cometerra diz tanto que vai falar com o irmão e no fim não faz nada. Sai com a Polenta para o bofe novo e tchau. Quando o Pirralho acordar, nós vamos até a oficina. Vou para a cama, mas não consigo dormir. Tento pensar no meu pai, um sujeito de costas enormes, tênis novos e jaqueta nova, que bebe cerveja e vê TV. Ele nunca tem rosto. Para manter a cabeça girando, faço o que nunca faço: pego o Pirralho. A princípio ele me olha e fecha os olhos de novo, mas eu o sacudo e começo a brincar com ele até ele acordar. Ponho um agasalho nele e saímos. Nos afastamos da Rivadavia, da feira, da Tina e das lojas. Há cada vez menos carros, apenas um daqueles ônibus que fazem mil curvas antes de seguir para a estação. Um cartaz em que se lê Rainha da Noite, Magia Negra cruza de um lado a outro. Avançamos mais dois quarteirões e o vento agita o mesmo cartaz na frente de nós dois. O que será magia negra? Posso imaginar algo que vai me ajudar para que o Walter fique sempre comigo e gosto disso. Mas não quero que ele esteja conosco por causa de um trabalho ou por alguma magia. Quero que ele nos ame, ponto final. Aperto o Pirralho porque estamos chegando lá. Já sinto o mesmo cheiro que o Walter tem todas as noites grudado nas suas roupas. É o cheiro de motocicleta. Tem um garoto um pouco maior na porta. E o Walter? Foi embora às três. Aconteceu alguma coisa? Pergunto de novo porque não entendo nada. Ele apenas balança a cabeça e quando eu lhe digo que vamos ficar e esperá-lo, ele fica pálido e sussurra. Ele não vai voltar. O Walter sai todos os dias às três da tarde.

52

Eu me perdi. Para voltar para casa, eu devia ter ido para o outro lado e agora nem imagino aonde estamos indo, mas ainda não quero parar de andar. Na esquina há uma persiana enorme pintada de verde, cheia de sujeira e teias de aranha. Acima há uma folha colada que diz de novo Rainha da Noite, Magia Negra. Agora tem papeizinhos com o número de telefone para que cada um destaque e leve. Já destacaram vários. Estendo a mão e puxo um deles com tanta raiva que rasgo um pedaço do papel e enfio no bolso.

Sinto que vou chorar, mas aperto a mandíbula até os dentes doerem. Não quero que meu bebê me veja triste. Meu celular vibra e eu o pego com relutância porque tenho certeza de que não é o Walter. Leio uma mensagem de Yose dizendo: Estamos indo lá pro lugar, e um emoji de rosto sorridente.

Com tudo isso, esqueci que havíamos combinado de ir trabalhar no espaço da @Cometerra.Vidente todos juntos. Minha cabeça está tão anuviada que não consigo encontrar meu caminho. Ponho o nome de duas ruas no Google Maps e deixo o celular nos guiar.

Não andamos nem três quarteirões quando passamos sob um cartaz: Pratico magia negra. Centenas de olhos azuis como peixes famintos mordem o espaço ao redor do número de telefone e olham para nós.

53

Para arrumar o espaço em que vou atender, veio um grupo de amigos de Miséria.

O celular toca e, quando olho para a tela, é uma notificação de WhatsApp dela, que me diz que está chegando.

Começamos fazendo uma faxina pesada.

Não sei o nome de todos, mas eles sabem que esse lugar é para mim e gostam de me ajudar. Bombay tem dreadlocks escuros e muito longos, adornados com anéis prateados, e fala o tempo todo de roupas. Ele é o maior do grupo e veste uma camisa com estampas coloridas de gatinho e calça preta. Enquanto varre, Liz diz que seria bom se a janela tivesse cortinas. As meninas de cabelos arco-íris pegam um balde e uma vassoura velha para lavar as escadas com água, detergente e água sanitária. Todo mundo trabalha tão rápido e dá tantas ideias que eu começo a me empolgar também.

Depois de um tempo, Miséria chega com cara de quem viu um fantasma.

Bombay pergunta se aconteceu algo com ela e, como ela não responde, não posso perguntar a mesma coisa. Ela põe o Pirralho no chão, que logo fica de quatro e começa a engatinhar. Quando terminam de lavar até o último degrau, uma das garotas de cabelos arco-íris vai brincar com ele e o põe de pé para fazê-lo andar um pouquinho. Ela o segura com força e o incentiva a ir adiante, passinho a passinho. Ele sorri para ela como se a conhecesse a vida toda, e o chão sem mobília o ajuda a continuar. Ela lhe diz que se chama Lula e, quando o Pirralho se cansa, lhe estende as mãos para que ela o levante. Parece-me que Lula poderia ser o nome de uma bala ou chiclete, mas eu gosto quando as meninas de cabelos arco-íris se separam por um tempo, assim uma das duas me dá atenção. Dessa vez é a mais alta, Nerina, que me diz que sabe pintar as paredes e decorar porque às vezes acompanha o pai, que é pedreiro. Liz também se aproxima com um pano para os vidros e uma lata de spray.

A sala fica no primeiro andar subindo pelas escadas e há uma saleta menor no térreo, com uma mesa de madeira escura que Miséria pode usar para ir atendendo as pessoas antes que elas subam. Para provar a terra eu preciso estar com a pessoa que busca e que ninguém fique nos olhando. É uma peça retangular, tem uma mesa antiga sem adornos e uma janela com vista para a rua.

Bombay diz que tudo ficaria muito melhor se escolhêssemos o mesmo tecido para a janela e a mesa. Imagino a bela toalha de mesa de Bombay emporcalhada da terra das garrafas que vão me trazer.

Encolho os ombros e respondo:

— Não tem muito dinheiro, mas pode ser que dê.

— Sim — entusiasma-se Bombay —, podemos escolher um desenho que tenha cartas, planetas ou uma bola de cristal. Algo que traga boas vibrações e atraia um pouco de atenção.

Miséria e eu nos olhamos pelo canto dos olhos. O garoto não tem nem ideia do que eu faço para ver. A primeira coisa que vou ter que fazer todos os dias é mandar pra longe essa toalha de mesa.

— A gente vê isso no fim. Agora, o mais importante é pintar as paredes.

Nerina diz que parece que este lugar não é alugado faz muito tempo, porque está cheio de poeira.

Yose responde que à tarde sua mãe vai trazer alecrim e algumas essências dos chinos para defumar e deixá-lo limpo de espíritos também.

— A Tina? — Miséria pergunta, com voz de quem não consegue acreditar. — Eu não sabia que ela dava bola pra essas coisas.

Yose responde que sim, mas que o lance dos espíritos foi ele que acrescentou porque tem medo de ver os mortos e Miséria lhe diz baixinho para deixar de ser besta, que eu não falo com os mortos, só procuro pessoas que estão perdidas.

Enquanto conversamos, Lula e Nerina esfregam a mesa deixada abandonada pelos inquilinos anteriores e Bombay se lamenta:

— As paredes de branco? Teriam que ser alaranjadas por causa das energias.

Digo a Miséria:

— Vamos ter que comprar algumas cadeiras — mas parece que ela nem me escutou.

Bombay e Liz pegam todo o dinheiro que conseguimos juntar e depois de um tempo voltam com os produtos para lixar as paredes e começar a pintar. Embora sejamos muitos, é cansativo, e quando a Tina chega estamos esgotados.

Miséria é a única que não se entusiasma quando ela chega, acho que não a ouvi falar a tarde toda e, agora que Tina chegou, pergunta baixinho se ela sabe o que é magia negra.

Tina responde-lhe em voz alta e todos ouvimos:

— Não sei o que é magia negra, mas sei o que é cerveja negra — e tira várias cervejas escuras de uma sacola.

Estamos morrendo de sede. Como não há cadeiras e somos um bando, bebemos sentados no chão. Bombay novamente organiza uma vaquinha. Desta vez com muito menos dinheiro do que antes, e sai para comprar algumas pizzas enquanto as cervejas circulam de mão em mão.

Tina está feliz. Desde que chegou, ela não briga com o filho nem o chama de José Luís, pois Miséria me disse que o chama assim quando fica brava com ele. Bombay volta com as pizzas e quando se senta, as coloca no meio. O Pirralho adormeceu no colo de Lula, que come pizza com uma mão e com a outra acaricia sua cabeça. Lindos de ver.

Tina pega o celular e começa a tirar fotos de tudo. Nerina posa contra a parede como se fosse uma deusa antiga. Então Miséria diz:

— São pro Instagram de @Cometerra.Vidente.

Fico de mau humor de novo:

— Sério?

— Não vai ter fotos suas. É um Instagram do lugar, você nem precisa entrar, eu vou cuidar disso.

Antes que eu possa responder, ela muda de assunto:

— Falta pouco pro aniversário do Pirralho, podíamos comemorar aqui. Este lugar é maior do que nossa casa.

— Aqui não dá, Miséria — e Tina balança a cabeça também. — Até o aniversário do Pirralho já vou estar atendendo. Esquece.

Lula oferece sua casa:

— Eu moro do outro lado da General Paz, com minha mãe. Vamos comemorar lá.

Com o aniversário do Pirralho, todos se animam de novo e Miséria faz planos com Lula. Não quero cortar a onda dela, mas me aproximo para lhe dizer baixinho:

— Você nem cite meu nome no Instagram. Encontre outro.

54

Hoje deixei o Pirralho na Lula por um tempo, enquanto a Neri e o Yose passavam verniz na mesa da saleta, e corri até os trilhos do trem. Sigo o caminho que o Walter e eu fizemos na noite anterior ao seu nascimento. Procuro o bar da Madame. Quero perguntar a ela sobre o Walter e magia negra, mas não consigo encontrar sua tenda, seu olho azul-claro ou ela. Quando pergunto no bar, uma das garçonetes me diz que nunca tiveram cartomante ali e eu insisto. Mas depois vem outra que diz a mesma coisa. Repito muitas vezes o nome de Madame Rainha da Noite. Elas acabam rindo de mim e eu volto para o espaço da @Cometerra.Vidente pensando que estou ficando louca. É uma alegria encontrar o Pirralho andando de mãos dadas com a Lula. Depois de um tempo, o Bombay vem com uma surpresa, está ajudando a redecorar um bar enorme que fica no caminho para Flores e traz duas cadeiras que iam jogar fora. Estão velhas, mas ainda dão pro gasto. A Neri também se oferece para envernizá-las porque são de madeira. Quando voltamos para casa, ponho o Pirralho para praticar e ainda não consigo acreditar: ele já está andando.

55

De onde você está vindo, a essa hora? Do trabalho, Miséria. De onde é que eu ia vir? Walter, são onze horas da noite. A oficina não está aberta. Eu tenho que te explicar?
    Estou com o Pirralho nos braços e uma pedra no estômago. O Walter me pede o filho, mas eu não o entrego e o Pirralho também não estica os braços, como de costume. Você pode me dizer o que você anda fazendo? À tarde estou trabalhando em outro lugar, Miséria. Faz muito tempo que a oficina mal dá pra pagar o aluguel. Agora sim eu lhe passo o Pirralho e não só o ouço falar, dou uma boa olhada nele. Ele carrega nosso filho sem vontade e está tão cansado que parece que vai desmaiar. Seja o que for que ele esteja fazendo, o Walter nem está feliz. Pra quê, Walter? Também não tem um tostão aqui em casa, então não sei do que você está falando. Me escuta, Miséria: agora tenho outro emprego até à noite. Comecei lá quando minha tia apareceu. Que tia, Walter? A única que eu tenho, a irmã do meu velho. Não sei mais se acredito nele. O Walter esconde as coisas da gente, não sei se ele está falando a verdade agora ou não. E como ela te encontrou? Você acha que é tão difícil encontrar a gente? Aquele que não encontra é porque não procura. Nunca mudei de telefone. E o que sua tia quer? Grana, né.
    Preciso de uma pausa. Eu falo para ele pôr o Pirralho no chão e segurar sua mão, e me aproximo e o espero de braços abertos. Ele caminha passinho por passinho como se fosse Frankenstein. Dou-lhe um beijo e ele aproveita e nos abraça. Sua tia, aquela que abandonou vocês, veio te procurar atrás de dinheiro? Não entendi nada. Não veio pela gente. Veio porque

o velho está doente e precisa de grana. Eu fico calada. Olho para o Pirralho e ele me dá um sorriso gigante. Eu nunca percebi o quanto ele se parece com o Walter até agora. E você vai vê-lo? Não. E eu não quero que minha irmã descubra que ele apareceu. Abano a cabeça também, e nos olhamos um pouco mais calmos. Eu nunca menti pra você, Miséria. Eu não queria te contar porque tudo isso é muito difícil. Quero dar o que eles pedem e que sumam pra sempre. Não quer vê-los? Agora é ele quem balança a cabeça e diz: Grana é o que ele quer. Eu rio baixinho. Acho estranho que alguém venha até nós justo por isso. Estou terminando de juntar a grana, vou mandar pra eles e acabou. O Walter apaga a luz e nos deitamos na cama, com a Polenta aos nossos pés. Pela primeira vez em semanas, dormimos abraçados.

56

Nem todas as placas do bairro têm luz. Bem na nossa frente há duas. Uma diz Odontologia Bolívia, Atendemos 24 horas, e a do lado, Urkupiña Ultrassonografias 3D. Na porta de baixo, junta gente a noite toda. Quando não consigo dormir, tento adivinhar se a pessoa que está passando vai ao dentista ou fazer um ultrassom.

Estou acordada há horas e os vejo chegar. Vão subir, vão abrir as pernas ou a boca para ser examinados, para que alguém possa ver de onde vem a dor que os mantém acordados à noite.

E a minha, onde começa? Nenhuma noite me deixa descansar tranquila.

Eu procuro o celular, já são quatro e meia da manhã e Lucas entrou pela última vez no WhatsApp faz um tempo. Escrevo-lhe:

— Posso ir te ver? — E volto a guardar o telefone.

Ainda estou na janela. As xerox das meninas desaparecidas, no escuro, nem merecem ser chamadas de cartazes, são apenas papéis de desespero colados nas paredes e nos pontos de ônibus. Não se pode vê-los à noite, mas ainda há muitos deles lá fora.

Ontem tirei um e trouxe. Quero ligar para que venham até meu espaço trazendo terra quando eu começar a atender. Não vou cobrar nada deles, ainda que Miséria não goste nada disso se descobrir. Agora ela é minha chefe.

Saio da janela para procurar a xerox dobrada dentro do bolso da calça: YENY, vista pela última vez no dia 14/1 no mercado boliviano de Liniers. Olho para seu rosto e parece-me que ela é apenas alguns anos mais nova do que eu. Como uma menina desaparece em um lugar tão cheio de gente como esse?

Fecho a xerox novamente e a guardo no mesmo bolso. Mesmo que eu me esqueça, vai estar lá e vai me acompanhar o dia todo. A angústia volta, é difícil para mim respirar. Ontem à noite tive um sonho que me fechou a garganta: meu rosto nos cartazes novamente. É por isso que estou acordada.

Repeti para Miséria que ela não pode usar minha foto para promover o espaço da @Cometerra.Vidente.

Vou morrer se Lucas vir minha cara ali. Olho para o celular e leio que ele apenas respondeu: Ok.

— Você quer que eu vá agora?

Estou fugindo da angústia dos olhos xerocados e dos números de telefone.

Ele me responde na mesma hora:

— Sim, mas são cinco horas da manhã, doida. Não dá pra vir a pé. Quer que eu te mande um carro?

— Que legal! Como você vai fazer pra me mandar um carro a essa hora?

— Coisas do celular. Você me passa seu endereço exato e daqui a pouco ele estará aí.

Posso escapar da insônia e dos cartazes, mas não da Polenta. Assim que começo a me arrumar, ela vem atrás de mim.

Escrevo para Lucas de novo.

— Vão me deixar ir com a Polenta no carro?

— Não faço nem ideia. Ele já foi te pegar e já está pago. Peça pro motorista para ver se ele deixa.

Procuro minhas chaves e ponho o celular na mochila. Polenta e eu saímos para a calçada para esperá-lo.

— Lucas? — o motorista pergunta.

— O Lucas pediu o carro pra mim — esclareço, e assim que abro a porta a Polenta me atropela e entra na minha frente.

— E esse cachorro sujo? A gente não leva animais, menina — diz o sujeito antes de eu chegar a entrar.

— Sujo nada, essa é minha cadela — esclareço com tanta raiva que nem preciso mandar a Polenta sair, faço um movimento com a cabeça, me afasto e ela vem comigo. Bato a porta com toda a força que tenho. O cara xinga, mas eu não ouço bem porque ele arranca e vai embora.

— Sujo é você que vai ficar.

Polenta está feliz, abana o rabo enquanto caminha comigo na calçada e me olha com os olhos brilhando. Será que ela sabe que eu prefiro andar na última escuridão da noite do que me separar dela?

Depois de um tempo, Lucas me liga e eu estou com tanta raiva que não respondo. Vai me fazer bem andar para que passe. Não há ninguém nos poucos estabelecimentos abertos. Ainda não amanhece, mas a claridade já está no ar. Faltam tão poucos dias para abrir nosso espaço que fico assustada quando penso em todas as meninas que vou conhecer. Acelero, porque prefiro a escuridão da rua à escuridão dentro da minha cabeça.

Mesmo que eu não queira, meus olhos se dirigem aos postes das esquinas. Há novos panfletos. Se eu chegar perto, vou querer levar algum; se eu tirar e levar, vou ser obrigada. Com o panfleto no bolso, ninguém além de mim pode pesquisar.

Polenta sai correndo e diminui a velocidade pouco antes de descer a rua. Fica mais ousada. Enquanto a acaricio, olho para o poste ao lado dela, uma xerox borrada que foi clareando até que restou apenas um nome escrito em tinta escura, Azul, uma menina de rosto redondo e cabelo liso, na altura dos ombros, que sorri para mim. Suspiro. Não há para onde escapar desses olhos, nem mesmo por um tempo. Levo as mãos até o panfleto. Eu o descolo com cuidado, certificando-me de que o rosto moreno de Azul não se rasgue. Dobro-o ao meio e o enfio no bolso, onde já está o da Yeny. De amanhã não passa, penso, vou ligar para os dois telefones e começar a procurar. Levanto a cabeça, algo mudou no céu. Está amanhecendo e Lucas pode estar se perguntando por que demoramos tanto. Pego meu celular e escrevo uma mensagem para ele:

— Já estou indo.

57

— Estava pensando em fazer uma cópia da chave de entrada, pra que você possa entrar sem esperar.
— Chaves do prédio pra mim? Que exagero, Lucas. — Ele está feliz, sorri e seus olhos brilham. Eu não.
— Eu não precisaria mais descer e abrir a porta.
Polenta lhe faz uma festa enorme enquanto ele a acaricia e dá palmadinhas no lombo. Nós três entramos e pegamos o elevador. Lucas me pergunta se eu quero tomar algo, mas ele não espera que eu responda, me dá um longo beijo e eu gosto de sentir o gosto do vinho tinto em minha língua. Em cima da mesa há uma garrafa com dois copos, mas eu não vim beber nada que não seja ele e não quero soltar sua boca. Tenho vontade de abraçá-lo e assim nos movemos juntos até que ele empurra a porta do quarto com o pé e chegamos à beira da cama grudados como um bicho de quatro patas. Meu corpo está tão quente e úmido que minhas roupas me incomodam. Mal conseguimos nos separar o suficiente para que Lucas mova as mãos e comece a desabotoar minhas calças. Puxa o zíper e passa as mãos por trás de mim e, quando puxa a calça jeans, caem várias xerox de garotas que estavam dobradas no meu bolso. Não quero que ele as veja, mas não posso me abaixar para pegá-las agora, então tiro os tênis empurrando um pé contra o outro e deixo a calça jeans bem em cima, para tapá-las.
Agora sou eu que desaboto a calça de Lucas e a abaixo. Ele tira a camiseta e o moletom, tudo de uma vez. Puxo para baixo sua cueca boxer para que sua pica me procure no ar. Lucas quer ficar em cima de mim, mas eu me esquivo de seus movimentos, monto nele e o faço se deitar contra o encosto da

cama. Quero ficar em cima porque adoro apertá-lo com as pernas. Me movo devagar para senti-lo, me encho de saliva, e depois acelero aos poucos, empapada, com Lucas puxando meu cabelo para que eu pare de cavalgá-lo e me cole nele. Está tão molhado quanto eu, mas me esquivo e continuo me movendo cada vez mais forte, até que Lucas não aguenta mais e agarra minha bunda com as duas mãos para me fazer mexer ainda mais rápido. Quando terminamos, nus e suados, nos enfiamos sob as cobertas. Ele acende uma luzinha na lateral da cama e pega um baseado.

Fumamos olhando para o teto. Acho que Polenta deve ter adormecido, porque não vem até nós; gosto de ouvir o silêncio de um apartamento tão alto. Se Lucas ficasse calado por um tempo, tudo seria perfeito, mas quando ele começa, não para de falar. Lamento que esteja frio, senão poderíamos ir para a varanda.

A certa altura, Lucas diz algo sobre nossa relação e eu não sei do que ele está falando. Só venho vê-lo porque nos divertimos muito e isso já me parece o suficiente.

Olho para o canto onde ficaram meus tênis, as calças e as xerox e não sei se é o baseado ou o quê, mas sorrio tristemente. Esses cartazes são o mínimo que um magrelo teria que saber sobre mim para falarmos sobre um relacionamento. E eu não quero contar nada a ele. Seu apartamento é meu refúgio das meninas desaparecidas e da terra. Não sei como lhe dizer que vá mais devagar e fico quieta. Lucas aproveita e me apressa:

— Se você me avisar quando vem, eu até te faço uma cópia da chave dessa porta também.

— Não — respondo da forma mais brochante do planeta. — Aqui é sua casa e tudo está muito bem como tem sido até agora.

Lucas parece ter levado um tapa na cara. Apaga o baseado e faz a bituca desaparecer na gaveta ao lado da cama. Cruza os braços sobre o peito e fica olhando para o nada.

Para evitar o silêncio, tenho a ideia de convidá-lo para o aniversário do Pirralho:

— O filho da minha amiga está completando um ano e nós vamos fazer uma festinha. Quer vir?

— Não posso, vou trabalhar na clínica.

Eu nem falei quando ia ser. Sua voz indica que não quer mais falar. Sei que está magoado, mas não posso enganá-lo. Me levanto e pego minhas coisas:

— É melhor a gente continuar outro dia. Se você quiser, amanhã eu venho pegar a Polenta.

Ele responde que achava que eu ia ficar mais tempo e eu balanço a cabeça e digo:

— Tenho que ir.

No banheiro dele e com a roupa no corpo, lavo o rosto e me sinto melhor.

Eu saio e Lucas está me esperando na mesa, vejo que ele serviu outra taça e ligou a TV, eu me sento com ele, mas não tenho vontade de beber. Ele enche a taça e mal molho os lábios. Comemos uns pedacinhos de queijo que ele traz da geladeira e corta em um prato de madeira e depois me acompanha até lá embaixo. Nos beijamos de novo, longamente, e sinto muito por desperdiçar esse encontro assim.

Começo a andar com saudades da Polenta, que ficou com ele.

58

Não é justo que o Walter continue cuidando disso sozinho. Dizer a Cometerra que sua tia apareceu não parece uma opção agora, mas ela podia ver se a sujeita está nos enganando ou se é verdade que seu pai está doente. O Walter trabalha dezoito horas por dia para juntar a grana que tem que entregar para eles e esta noite, como se não bastasse, o Pirralho não quer dormir. Ele engatinha, para e começa a dar pequenos passos. Eu tenho que andar afastando as cadeiras porque, se ele cair, bate de frente. Ele fica desesperado para andar mais rápido segurando minha mão. Com a outra, pego meu celular, vou para o bloco de notas e repasso a lista de amanhã. A Lula se ofereceu para ficar com o Pirralho e temos que começar logo: a primeira coisa é abrir o espaço, depois iniciar as consultas. Não consigo repassar nem metade da lista e vou para o WhatsApp e escrevo para a Cometerra, Você está vindo? Não esqueça que amanhã é o dia! E quando eu envio, ouço a mensagem entrando no seu celular porque ela está chegando. Agora, o Pirralho segura em nós duas para andar com as pernas abertas e sem dobrar os joelhos, como se fosse um zumbi. Vamos de parede em parede, até que ele se cansa. Eu precisava disso, diz a Cometerra. Estou ficando louca com o lance de amanhã. Eu também estou nervosa porque já vamos abrir @Cometerra.Vidente. Sinto muito pelo Walter porque ele vai perder isso também. Por enquanto, nada de dormir. O Pirralho se levanta de novo, sorri e estende as mãos para nós duas. Toda essa empolgação me faz lembrar da Polenta abanando o rabo. Nenhuma de nós sabe como convencê-lo a ir para a cama.

59

Uma mulher está parada ali, na entrada, com as roupas e o rosto enrugados, apesar de ser uma mãe jovem.

O cheiro da tinta não desapareceu, mas tivemos que abrir mesmo assim. Agora pagamos dois aluguéis. A primeira a chegar é ela, uma mulher. Não fala, mas eu a vejo entrar com suas olheiras de vários dias e a garrafa aferrada entre as mãos, e sei que ela está procurando uma filha.

— Yazmin — sussurra, estendendo a garrafinha que tanto lhe pesa, uma daquelas usadas pelos grã-finos para beber iogurte.

— Yazmin — repito em voz alta, olhando para a foto da menina contra o vidro da garrafa tão limpa, transparente, e entendo que é por isso que ela não quis sujar sua terra em uma garrafa comum, marrom ou azul.

Tenho de insistir para que ela se sente e, no fim, em vez de se sentar, ela desaba na cadeira. Puxo a tampa e cheiro um segredo abrindo-se do mais obscuro da terra para mim. Rapidamente, entorno um pouco de terra na mão aberta para arrancar dela o silêncio e fazê-la falar aos bocados. Vou engolindo, ela é tão áspera e crua como tudo que me faz ver.

Fecho os olhos e tudo fica preto. O cheiro da terra está contaminado por um cheiro muito mais forte que faz minha garganta coçar. Parece que alguém ao longe acendeu uma vela e eu vou me aproximando, aos poucos, e, sem conseguir enxergar, pergunto ao ar:

— Yazmin, é você?

Faz muito calor. Caminho para a luz e o ar queima minha pele. Vejo sacos rasgados, garrafas plásticas, cascas de frutas, restos de comida apodrecendo ao sol e as moscas cinzentas, verdes e azuis voando ao redor. Tento afastá-las movendo as mãos, mas elas dançam perto de meus ouvidos. Apresso-me a deixá-las para trás, e no fundo, entre o lixo que cobre todo o lugar, está Yazmin deitada no centro de um colchão velho, com o rosto virado para o céu. De tão bonita, parece uma princesa congelada no meio de um mundo de imundície.

Enquanto avanço, suplico ao Deus dessa podridão, um Deus com tantos olhos quanto qualquer uma de suas moscas, que feche os dela e volte a abri-los. Yazmin não pisca nem movimenta o peito para respirar, porque já está morta.

Seus cabelos se abrem como línguas de víboras secas naquele colchão imundo. O rosa de sua velha pele se transformou em um branco gelado, que perto do nascimento se suja com algumas gotas vermelhas, como se seu coração, antes de parar para sempre, fosse salpicado com um pouco de seu próprio sangue. Parece-me que ela está com medo, que mesmo não estando mais viva, a menina ainda está assustada.

— Não se preocupe, Yazmin. Ninguém mais pode fazer nada de mal com você.

Acho-a ainda mais bonita, mas alguém além dela me ouve falar e se aproxima, fazendo farfalhar o plástico abandonado do lixão. Eu conheço esse lugar. Nós pisamos nele centenas de vezes. Ouço um barulho de novo. Apresso-me a sair do mesmo jeito que entrei, porque agora tenho certeza de que há outra pessoa, mas primeiro a consolo:

— Não se preocupe, Yazmin. Sua mãe e eu estamos vindo pra buscá-la.

Abro os olhos.

Falei tanto no sonho quanto na minha nova salinha de atendimento, e a mãe deixou a cadeira e se ajoelhou.

Por mais que a mulher implore, não posso fazer nada além de contar a ela o que vi. Penso na mãe de Florensia. Não gostei de ter que mentir para ela. Não posso fazer isso de novo por nenhuma outra mulher. Respiro fundo.

— A Yazmin está morta — eu digo, olhando em seus olhos.

E é como se com essas poucas palavras roubassem tudo dela. Nem tem mais vontade de chorar, para essa mulher o mundo acabou. Ficou seca, sozinha para sempre sendo jovem, viva por muito mais tempo do que sua filha.

Quero devolver a ela um pouco de Yazmin e tudo o que posso dizer é:

— Ela está morta, mas, se você quiser, eu te ajudo a encontrar o corpo.

60

São tantas coisas que tenho que fazer todos os dias que comecei a escrevê-las nas NOTAS do meu celular: @Cometerra.Vidente: Horário 1: Atendido. Horário 2: Remarcar para amanhã. Horário 3: Remarcar para amanhã.
   Falar com a Lula: Dinheiro pra cuidar do Pirralho na sexta-feira. A tia do W. E CT, o que ela quer? (Tirar a terra de baixo dela? Talvez...) Acompanhar o Walter. Fraldas. Piñata, bolo e doces. Novos horários. Chaves da sala. Alguma caixinha de som?

61

Alguém pôs o colchão velho sobre o corpo nu de Yazmin. Apenas um braço escapa, como se ainda estivesse pedindo ajuda, seco até ser apenas uma casca branca e endurecida da própria Yazmin. Tiramos o colchão para descobri-la. Desde o momento em que chegamos, a mulher não faz mais que chorar e eu quero que ela diga algo para a filha. Acho que talvez ela não tenha ido embora completamente, como a professora Ana, e que precisa ouvir a voz de sua mãe. Sacudo-lhe o braço:

— Fale com ela. Diga uma coisa bonita.

A mulher para de chorar e olha o corpo da filha. Em seguida, se aproxima dela, sentando-se ao seu lado. Estende as duas mãos e pega com cuidado a cabeça da menina, tira o lixo de volta dela e a apoia de lado contra o chão. Seu rosto parece se iluminar. Os olhos de Yazmin estão bem abertos, como se estivesse esperando por ela. A mulher fica acariciando-a.

Então respiro fundo e começo:

— Oi, Yazmin, somos nós. Eu falei que a gente vinha rápido.

E as deixo sozinhas.

Quando a polícia chega, vários policiais precisam levantá-la e tirá-la do lixão. A mãe não quer soltá-la, não quer parar de falar com ela. Sei o que sente ao olhar para o corpo da filha pela última vez.

62

Hoje o Pirralho está comemorando seu primeiro ano entre nós e não poderíamos estar mais felizes. A Lula me convenceu a fazer o aniversário na sua casa, o Pirralho gosta muito dela. São tantos balões e enfeites de festa que parece um carnaval, vasinhos com plantas floridas em todas as janelas e, no meio de tudo isso, a mãe da Lula pendurou uma *piñata* de papel. O Pirralho quer tocá-la. Eu o levanto e ele estende as mãozinhas, repetindo ba-la, ba-la, porque ele estava vendo enquanto a enchiam. Quando eu abro uma bala, ele a enfia na boca e sorri; depois o ponho no chão e ele vai até a mesa onde a Neri e a Liz arrumaram pratos e copos descartáveis, empanadas e uma dúzia de latas de cerveja.

Às vezes quero que o Pirralho cresça mais devagar, que me dê tempo de saboreá-lo, meu docinho pequenino prestes a desaparecer. Pego o celular na mochila para tirar uma foto e a mãe da Lula se abaixa para sair com ele. Tiro várias fotos dos dois e então peço para ela tirar uma de nós, pego o Pirralho e olhamos para a tela juntos. Assim que o ponho no chão, recebo uma mensagem da Tina dizendo: Estamos indo.

O Walter montou duas caixas de som na parte de trás do terreno e pendurou um fio de pequenas lâmpadas para manter a luz acesa. A Neri e a Liz estão trazendo mais gelo para pôr no balde das bebidas, enquanto eu procuro um lugar do lado de fora para brincar com o Pirralho, que continua querendo andar e tocar em tudo. Eu puxo um balão e jogo para ele, e ele o pega pelo fio e corre como se estivesse soltando uma pipa e eu corro para ele, quando o pego ele me diz de novo ba-la, mas agora eu respondo que não tem mais, que ele tem que comer outra coisa.

O Bombay fez bandeirinhas de pano com retalhos que foi guardando dos seus trabalhos e balões em todos os cantos. A Lula vem brincar com o Pirralho. Agora a casa tem mais cores do que o cabelo dela.

A Cometerra reproduz música no pequeno computador que a Liz recebeu na escola. Ela montou pastas de cúmbia, *reggaeton*, *trap* e "Parabéns pra você". De uma das caixas de som saem luzes coloridas que giram como se fosse uma discoteca de verdade. A Polenta não sai do lado da Cometerra porque de vez em quando ela corta um pedaço de empanada de carne e dá na sua boca. Todo mundo que vai chegando se junta na dança e a mãe da Lula vem pedir uma música de Camilo Sesto. De Camilo o quê?, Cometerra pergunta, e o Walter e eu rimos. A mãe da Lula não pede mais nada e vai até a porta, deixando entrar um vizinho que reclama da música. O homem hesita por um momento, até que se decide e cruza a casa com uma cerveja e um prato de sanduíches e batatas fritas. O *reggaeton* não diminui.

A Tina se aproxima com um olhar de quem quer fofocar. Ela me apresenta seu namorado, Javier, mas, como me mostrou tantas fotos dele, parece que já nos conhecemos. Eles se juntam à cúmbia e de vez em quando ele vai pegar bebida para os dois. Ela pergunta por Yose, e diz que há tantas garotas bonitas aqui. A Cometerra e eu nos olhamos de canto de olho e, para não gargalhar, mordo a borda do copo de cerveja. Yose é a pessoa mais gay que eu já vi na vida, como pode ser que a Tina não queira admitir?

Agora que a festa está a todo vapor, mais dois vizinhos vêm reclamar e a mãe da Lula tenta ganhá-los com comida e birita. O Bombay pega o Pirralho que sobe em cima dos seus ombros e o leva para o centro do pátio de cavalinho. Todo mundo se agita com a música e eu aproveito e danço com o Walter. Hoje também comemoramos um ano de ser pai e mãe.

A Liz e a Nerina entram e saem de casa várias vezes, distribuindo cachorros-quentes que são tirados das suas mãos. Alguém dá metade de um cachorro-quente com maionese para o Pirralho e o Bombay reclama porque vai estragar sua camisa. Depois de tanta dança, bala, maionese e salsicha, eu tenho medo de que ele acabe vomitando. Por sorte, a Lula o convence a descer e o leva para lavar as mãos.

Já são dez e meia e Yose ainda não chegou, então pego o celular e lhe envio uma mensagem. Vejo que um bando de gente entrou no Insta de @Cometerra.Vidente, mas eu nem olho para isso agora.

O Walter e eu ouvimos gritos. É outra vez o casal de vizinhos pé no saco. Agora dizem que vão chamar a polícia porque não conseguem dormir e a mãe da Lula perde a paciência e os expulsa, dizendo que a casa é dela e o bairro também é dela e que eles parem de vir encher o saco.

A Lula vem até mim com o Pirralho pela mão e eu o pego, e a Cometerra aumenta o volume de novo. *Te volví a probar tu boca no pierde sabor a caramelo.* A música sai das caixas de som. Ba-la, ba-la, diz o Pirralho assim que ouve sua palavra favorita, e todos riem e dançam ao redor. Eu vejo as horas e faltam apenas trinta minutos para que o dia do seu aniversário termine. É hora do parabéns. Yose entra na festa cheio de purpurina e com um bofe enganchado no braço, tão barbudo e moreno quanto o vinho tinto que repousa sobre a mesa. A Tina deixa cair o copo. Por sorte, o Javier passa a mão na cintura dela e a arrasta para dançar. Parece que as caixas de som estão sacudindo toda a casa. A Tina dança possuída, como uma deusa em transe: *Una perra sorprendente, curvilínea y elocuente. Magníficamente colosal, extravagante y animal*, sacudindo os peitos, o Javier olha para ela hipnotizado.

Faz tempo que não se ouve a campainha. A mãe da Lula cansou de ir abrir e acabou deixando a porta aberta para quem quiser entrar de uma vez. Digo à Cometerra que temos de cantar "Parabéns pra você" e ela e a Neri me ajudam a tirar os pratos vazios e os guardanapos usados para abrir espaço para o bolo. Foi a Tina que fez, mas eu o decorei com o Walter e o Pirralho: doce de leite, confete e uma velinha cravada no meio. O Pirralho vê o bolo e quase se joga dos braços de Lula: Ba-la, ba-la. O Walter tira alguns confetes do bolo e os enfia na boca dele, e o Pirralho sorri com dentes de chocolate preto e diz ba-la-ba-la. A Lula o leva para lavar o rosto e as mãos e a Nerina vai até a cozinha pegar o isqueiro enquanto a Cometerra desliga a música e dá uma salsicha para a Polenta. Todos estão à nossa volta e começam a cantar batendo palmas: Parabéns pra você. Nesta data querida. O Bombay tira fotos de nós e há vários celulares no alto filmando. Yose acendeu um sinalizador e se aproxima cantando: E pro Pirralho nada. Tudo. É pique, é pique, é pique. Rá-tim-bum.

Nem chegamos a fazer os três desejos. Um tira com seu uniforme azul sai de dentro da casa e atravessa o terreno em nossa direção. Conta que vieram por causa de uma ligação anônima. Acho que é brincadeira, que é algum amigo da Lula ou da Tina que veio disfarçado de tira. Mas quando vejo o rosto em pânico da Liz, percebo que não é brincadeira. O Pirralho aproveita e sopra a vela e põe a mão no bolo para pegar todos os confetes. A Cometerra se adianta e vai rapidamente em direção a eles com a Polenta, que não para de latir. Quando parece que ela vai explicar algo para ele, outro tira entra no pátio olhando para ela e para na sua frente. O Walter vira a cabeça para mim e nem precisa dizer nada: nós dois sabemos quem é.

63

Não conseguia parar de pensar em Ezequiel.

Ficava olhando a nova foto que ele tinha no perfil de WhatsApp e o sonho não ganhava da minha vontade de estar com ele. Um ano não se completa todos os dias e o aniversário do Pirralho é mais importante do que todos os tiras do mundo, ainda mais importante do que Ezequiel. Mas ele parou na minha frente como se fosse a primeira vez, me deu seu novo número quando eu nem conseguia falar, e me disse:

— Vamos nos ver? — como se o tempo não tivesse passado para nós dois.

Mais uma vez olhei para a foto dele e percebi que estava online, então escrevi:

— Quando?

— Me dá teu endereço que eu te pego. Saio às oito.

Foi só então que consegui fechar os olhos com calma.

Dormi o dia todo, por sorte não atendemos hoje. E agora que está de noite, espero ansiosa por ele e não paro de andar pela casa com Polenta entre as pernas. Ela percebe melhor do que ninguém que algo está errado comigo e não para de me pentelhar. E quando Ezequiel finalmente vem me pegar, ela rosna para ele como se fosse seu pior inimigo. Fica tão feroz que saímos logo e ele abre a porta do carro para mim. Antes de eu entrar, ele me dá um beijo breve e olha para meus lábios. Junto saliva como se fosse comer Ezequiel agora mesmo, depois baixo a vista, me acomodo no assento e ponho o cinto de segurança. Quando ele se senta ao meu lado e arranca, seu perfume me envolve como um feitiço. Não sei para onde vamos, também não pergunto. Me deixo ir. Meus olhos vagam repetidas vezes para a pele que as roupas deixam à mostra e minha cabeça segue o caminho por baixo do tecido como se fosse minha língua.

Não me basta vê-lo, Ezequiel me obriga a algo muito mais animalesco.

— Vamos parar aqui — diz ele quando chegamos a um lugar em que nunca estive.

Sentamo-nos entre relva e árvores, mas só tenho olhos para ele. Ezequiel se aproxima e me dá um longo beijo, e seu cheiro se mistura com os restos de cigarro e o gosto inconfundível de sua boca. Meu corpo responde mais rápido do que minha cabeça e meus braços o agarram com força para que ele não me solte.

Somos duas bocas voltando a se experimentar.

Ele me agarra pelos quadris, deixando suas mãos deslizarem sobre minha nádegas e nos viramos assim, agarrados com desespero, como dois animais no cio. Minha bunda resvala da grama para a terra que se confunde com minha pele e eu não sei mais qual dos corpos é meu e não me importo, apenas fecho os olhos e sinto a gente se fundir. Um mel doce escapa do meio das minhas pernas para o chão, uma forma de nos oferendar convertidos, um em cima do outro, em frutas feridas. Meus seios estão na boca dele, que chupa e morde. Amadurecemos e nos abrimos tomados de prazer.

O som das plantas e o toque agridoce da terra entram no meu corpo aberto, assim como o pau de Ezequiel entra em mim. Árvores, pássaros, insetos que também nos acompanham e seguem seu ritmo conosco.

Cavalgamos a terra enroscados em um abraço que, pouco a pouco, se junta ao resto de um mundo selvagem. Nossa transpiração é o alimento dele. Hoje eu devolvo um pouco do que ele sempre me deu.

Na volta, a estrada desaparece, contagiada por nosso cansaço. Ezequiel dirige quieto e sinto que também sentia falta de seu silêncio. Ezequiel nunca fala por falar. Estamos perto e gostaria que esse percurso demorasse um pouco mais, mas chegamos na casa e antes de eu sair do carro, ele me pergunta:

— Você sabe alguma coisa do teu pai? Você o viu de novo?

— Não, o que isso importa agora?

Saio do carro sem olhar para ele. Não entendo a troco do quê ele fez essas perguntas. Assim que abro a porta, Polenta sai para latir para ele e está tão irritada que tenho dificuldade em enfiá-la dentro de casa.

64

Não sei o que o Pirralho e eu faríamos sem a Lula: a cada dia ela se torna mais querida. Hoje que vou mais tarde para a loja, a Lula veio ficar com a gente e trouxe os vasinhos e as comidas que sobraram do aniversário. Também um vaso maior para replantar a arruda que a Tina me deu.

O Pirralho enfia as duas mãos na terra e adora. Enquanto a Lula corta o náilon preto de uma avenca, ele escava e remexe tão contente que parece que está mexendo em chocolate. Presto atenção para ele não enfiar as mãos na boca, também não quero que chupe a colher, e a Lula me diz: Relaxa um pouco. É muito comum que as crianças façam isso. Mas mesmo sabendo que ela está certa, não consigo. Vai que o Pirralho come terra e algo acontece com ele. Não quero dois videntes nesta casa.

Enquanto me perco pensando que quero ver a Tina de novo, Lula ensina para o Pirralho: Pre-to, apontando para o plástico que envolve as plantas, e o Pirralho repete: Pe-to. Em seguida, Lula mostra as flores para ele, dizendo: Essa cor é branca. Bran-ca. Mas agora o Pirralho fica em silêncio porque ainda não consegue pronunciar.

Começamos a plantar uma avenca de flores brancas. A Lula a pega, tomando cuidado para não quebrá-la, e a coloca em um vaso pintado de azul. Depois, ela e o Pirralho terminam de cobrir as raízes, preenchendo quase até a borda. Quando terminam, a Lula aponta e diz: Azul. E o Pirralho ri e repete, estendendo a língua: Zzzzul. A Lula aplaude e dá um beijo nele, e eu vou para a cozinha.

Volto com um pano molhado e passo pelos seus dedos antes que ele os leve à boca. Assim fico muito mais tranquila. A Lula diz que tem que regar todos os dias, que a água é tão importante para a planta crescer quanto o leite é para o menino.

Hoje eu quero ver a Tina depois que sair do trabalho, preciso que ela me dê alguns conselhos sobre o Walter. Enquanto olho para o Pirralho segurando uma nova planta, aviso a Lula: Vou voltar um pouco mais tarde pra pegá-lo. Se quiser, deixe ele dormir aqui. Vamos vendo. Eu te aviso por WhatsApp.

O Pirralho se sujou de novo. A Lula me pergunta se eu já vou enquanto começa a afofar a terra da última planta. Gosto de ter flores em casa. Se dependesse da Cometerra e do seu irmão, tudo aqui seria cinza.

Vou trabalhar. Se comporte com a Lula, fedelho. E ela insiste: Se quiser, deixe ele dormir lá em casa. Daqui a pouco nós já vamos. Assim que eu me viro, escuto como a conversa continua: Agora é hora de regar. A última coisa que vejo antes de sair são os dois correndo até a cozinha para pegar latas de água e dar às nossas novas plantas.

65

Aqueles que me procuram são tão sufocados pela dor quanto pela falta de esperança. Foram queimando-a, desesperados, seguindo os que já não estão aqui, enquanto lhes fechavam todas as portas.

Agora vêm até mim com um último fogo ardente, eles acreditam em @Cometerra.Vidente. Miséria e os atendimentos ajudam que nos encontremos.

Não abrimos de manhã. É só à tarde que ela prepara as coisas do Pirralho, entrega tudo para a Lula, que vem buscá-lo, e a gente sai para a loja.

Tento entrar antes do horário em que começo para que não me vejam chegando. Só lá em cima eles conhecem meu rosto, porque eu preciso resguardá-lo para mim o máximo possível. Não quero que ninguém me diga nada sobre engolir terra enquanto estou carregando o Pirralho.

Às vezes, os buscadores se antecipam e, quando eu viro a esquina do lugar com Miséria, já os vemos esperando em frente à porta fechada.

Os que me procuram são sufocados pela urgência.

Embora eu não atenda sem hora marcada, eles vêm de qualquer maneira. Mesmo que muitos anos tenham se passado, ainda buscam. Estendem as mãos, seus frascos, suas garrafas, sua terra para mim. Eles me olham implorando.

Miséria marca os horários de atendimento tanto pelo celular que eles puseram nas xerox quanto pelo privado do Instagram, mas eles não me mostram. Ela monta a lista e a compartilha apenas com Tina. Sou eu que subo para sentar sozinha na salinha de atendimento. Espero sempre que as consultas do dia sejam poucas, mas são sempre muitas.

Nos minutos em que eu consigo me sentar antes de o primeiro subir, minha cabeça repassa tudo o que tivemos que fazer para eu estar aqui hoje, tendo dormido por algumas horas, prestes a atender pessoas que eu não conheço e que me trazem seu dinheiro e sua terra. Mas a torto e a direito vem alguém que quer saber se a namorada sai com outro, se lhe fizeram algum trabalho ou se vai ganhar na loteria.

Carrego os olhos manchados pela terra que faz buracos no meu coração para que esses idiotas me façam engolir por besteiras e, no entanto, é melhor assim. Eles são uma recreação para mim. As besteiras se suportam, a outra coisa não.

Há mulheres que vêm zangadas.

Nem Miséria, nem Tina, nem eu podemos dizer-lhes nada, apenas ouvi-las em silêncio. Se eu nunca encontro palavras para aliviar sua dor e raiva, é porque não há. Algumas cerram os punhos depois de deixar a garrafa sobre a mesa e não os abrem novamente no resto das horas em que estamos juntas. São mulheres que não aguentam mais. Buscadoras cujo cansaço atravessa a pele com rugas que parecem cicatrizes. Como todos falharam, sinto que não posso fazer o mesmo.

Certa manhã, uma mulher jogou uma garrafa no chão e cuspiu na minha cara, dizendo que o que eu tinha acabado de ver era mentira. Não respondi.

O que vou dizer? Se para mim também, como para ela, falta uma mulher.

Preferi enxugar aquela saliva amarga, recolher o vidro quebrado e varrer a sala, levantar a foto enquanto ela chorava e batia na mesa com os punhos cerrados até que depois de um longo tempo, mais calmas, tentamos ver se conseguíamos encontrar o corpo de sua filha.

Eu tinha visto muitas mulheres tão zangadas, mas nunca um homem, até que Julio veio.

Os que me procuram são sufocados pela raiva.

Julio é apenas um pouco mais alto do que eu, mas parece estar carregando todo o peso do mundo. Diz seu nome e fica em silêncio. Como eu não pergunto, ele demora um pouco para dizer que veio me ver com a última de suas forças, que respira, mas perdeu a esperança, que só está vivendo por um assunto, que tem de resolver esse assunto antes de poder descansar em paz, e que já está tão exausto – quase morto, diz – que precisa chegar a esse descanso de uma vez.

Também agora não respondo nada.

Apesar do cinza da tristeza, vejo que é um homem muito jovem para pensar em morrer. Um daqueles caras de quem Tina poderia muito bem gostar, que poderia fazê-la ir comprar uma lingerie de uma nova cor, rosa-chiclete ou vermelha e cheia de rendas.

Julio está secando antes do tempo e o cabelo em sua cabeça foi envenenado com dor, para ser apenas um emaranhado de fios desbotados.

Eu fico calada. Às vezes, o silêncio é a melhor maneira de acompanhar. O homem espera um pouco, depois se abaixa para tirar algo de uma bolsa de couro quase tão escura quanto o peso da noite que ele está carregando. Ele me passa uma garrafa onde posso ler Lucía e olhar para a foto de uma linda menina com cabelos muito longos e olhos delineados em preto e glitter. Assim que Julio afrouxa os músculos para soltá-la na minha mesa, ele diz:

— Já não espero mais nada. Só vou viver até enterrar o corpo da minha filha.

66

Assim que eu digo que estou aqui para falar do Walter, a Tina acha que a gente está brigando. Ela me deixa entrar e depois pede para eu esperar por ela, que ela precisa tomar banho porque vai sair com o namorado.

Já é de noite. Eu me atrasei esperando a Cometerra terminar de atender um cara com quem ela ficou trancada o dia todo. Enquanto isso, não conseguia parar de pensar no seu pai. Eu não falei nada para ela porque o Walter não quer que eu me meta. Ele diz que vai cuidar de tudo, mas até agora nem abriu a boca. O Walter tem dificuldade de falar desse homem, ele nem me explicou do que está doente. Remarquei várias consultas para amanhã e fechamos o atendimento, a Cometerra foi para casa e eu fui para o lado da estação, mas não atravessei, dobrei antes e continuei andando até chegar ao prédio da Tina.

Levanto-me e vou até a geladeira da minha amiga. Abro-a e por dentro é tão diferente da nossa que nem sei o que escolher. Ovos, queijos, vegetais crus e potes de doces. Duas latas com cogumelos e outra com tomates. Tupperware com arroz, grão-de-bico, feijão. Garrafas de água e sucos de frutas. Um pacote de salsichas fechado e um pela metade.

Não sei o que escolher de tanta comida. Na porta, vejo dois chocolates. Pego um e volto a me sentar para olhar a tapeçaria do pássaro na parede. Não sei se é porque estou cansada ou o quê, mas parece que a menina e o pássaro estão prestes a sair do tecido. Deve ser porque estou com sono e a Tina demora muito, daqui eu consigo ouvi-la cantando embaixo do chuveiro.

Quando sai, o perfume do seu cabelo invade a casa toda. Confrontei o Walter porque ele nunca está em casa e ele confessou que há algum tempo uma tia veio pedir-lhe dinheiro porque o velho dele está doente.

A Tina fica em silêncio esperando que eu diga algo mais, mas, como eu não acrescento nada: Faz sentido, é o pai dele. Mas Tina, aquela mulher os deixou presos quando eram dois pivetinhos. Além disso, como sabemos que o que ela diz é verdade? Capaz que ela venha só pra pegar a grana. Eles podiam descobrir isso visitando o pai. Não. O Walter não quer, e a Cometerra não sabe de nada.

A Tina pensa por muito tempo e eu procuro as palavras para lhe perguntar outra coisa. Quando fui buscar o Walter na oficina, vi muitas propagandas de magia negra... A Tina nem me deixa terminar: Nem pense em magia negra, entendeu? E fica muito claro para mim que não há necessidade de insistir no assunto.

Estou a ponto de perguntar se ela conhece Madame, mas mordo a língua. A Tina não vai gostar nada do que me passou com ela. Olho para a tapeçaria de novo, a menina que carrega algo nas mãos brilha nos seus fios alaranjados, o pássaro também tem os olhos claros, mas é o oposto do olho de Madame, uma tapeçaria de cores vivas e pura luz. A voz firme de Tina me chama de volta: Não se distraia, Miséria. Se você quer que o Walter volte a ser o de sempre, acompanhe-o para solucionar isso que está mal e acabou. Se o dinheiro precisar ser entregue, vocês vão ter que fazer isso. Vocês agem de bom coração, o que essa dona fizer não muda isso. Olho para a tapeçaria. Agora me parece que a mulher que tem uma caixa a leva para dá-la a alguém. A ave voa acima da sua cabeça com as asas abertas, cuidando dela.

Tenho que ir com o Walter dar a grana para a tia.

Escrevo uma mensagem para a Lula justo quando minha amiga se levanta e me pergunta se quero comer alguma coisa.

Não, Tina, já te roubei um chocolate. Mas, Miséria, você vai jantar isso? Uma porcaria? Eu vou te fazer comida de verdade. Vou falar pro meu namorado vir amanhã, hoje você e eu vamos ficar juntas.

Vou ficando meio adormecida enquanto ouço a Tina abrir a geladeira e seu armário de cozinha. Estou cansada. Minhas pálpebras estão pesadas. O pássaro sai da parede e voa acima de nós. Vai dar tudo certo, Miséria, vai dar tudo certo.

67

Meus olhos permanecem no vidro por um tempo e então levanto a garrafa para olhar na contraluz, como as pessoas na loja de penhores da avenida fazem toda vez que alguém leva um anel. Sei que, para quem vem à procura dos filhos, a garrafa cheia de terra é uma joia, e não só quero que aquele homem me veja tratando-a com carinho, para mim também é um tesouro.

Quanto tempo ele deve ter esperado pelo corpo da filha?

Aperto-a entre as palmas das mãos e os dedos durante tanto tempo, que pela primeira vez me parece que é aqui que tudo começa: em minha mão, antes de destampar, antes de pôr a terra na boca, antes de sentir o gosto na língua, antes de engolir, mas acima de tudo, antes de ver. Respiro fundo, encho meu corpo de oxigênio e tiro a tampa. Viro a garrafa para que a terra comece a cair e faço um colchão na mesa.

Desta vez algo é diferente. Preciso esvaziá-la e sujar tudo, continuar revolvendo-a mesmo que uma parte dela caia no chão. Algo profundo em mim muda, eu me impregno de terra até que também sou uma mulher com raiva. Busco profaná-la assim como profanam os corpos de todas as meninas. Pensar me deixa tão irritada e triste quanto as mães que estão procurando e também como Julio. Cerro o punho com raiva e levo-o aos lábios. Abro a boca para receber na língua, engulo e fecho os olhos.

Entro em um mundo nas sombras, onde se pode respirar o cheiro da terra mesclado com o perfume de uma menina. Estou perto. Sinto no ar um suor açucarado que me faz pensar em Lucía. Estou afundando, estão me derrubando também, e não adianta tentar ver. O lugar onde estamos é um buraco onde o profundo me suga. Algo formiga nas palmas das minhas mãos e pés. Não tenho um mapa e não há plano. Mesmo que eu tente me afastar, não consigo. Cada vez me custa mais respirar e sigo em frente, rendida a esse fundo que me enfeitiça. Cada vez me custa mais manter os olhos abertos, vejo um peixe estranho nadando em minha direção. Cada vez me custa mais manter a boca fechada, uma garota fluorescente se aproxima de mim fazendo desenhos com seu corpo como se fosse uma sereia. Cada vez me custa mais mover os pés, enquanto vejo a menina nadando pela terra. Também quero nadar com ela, mas o formigamento nos braços e pernas agora é uma cãibra bestial que não me deixa me mexer. Eu preciso ver quem é essa menina de cores vivas que gruda em mim. Fico olhando até ter certeza de que é Lucía. Encontrei-a e estamos juntas, lá embaixo, em um lugar no qual adoraria dormir com ela, brilhando como peixinho, mas lembro-me de Julio, sozinho, na salinha de atendimento. Tento abrir os olhos de novo, mas a terra beija minhas pálpebras para que eu não consiga.

Estou com medo. Será que engoli muita terra? Uso todas as minhas forças para voltar, mas é impossível, estou afundando cada vez mais em um terreno movediço que me engole com fome brutal. Então Lucía vem até mim, devagar. Ela não fala comigo. Apenas põe as mãos sob minhas axilas e começa a me puxar para cima como se estivesse me resgatando do fundo do mar. Não sei nadar e é lindo senti-la me pressionando contra o peito, para me ajudar a chegar à superfície. Olhamos uma para a outra e só posso agradecer-lhe enquanto ela me conduz bêbada das profundezas para a luz, é uma viagem muito longa.

Quando abro os olhos novamente, Lucía não está mais comigo. Só seu pai, a tristeza e a luz feérica da salinha de atendimento machucando minhas pupilas. Estou tão tonta como se tivesse tomado uma caixa de cerveja:

— Fique tranquilo, Julio, a Lucía há muito tempo foi recebida com amor. Ela descansa para sempre. — Não me animo a dizer que a senti brilhar forte no centro que a envolveu, mas algo dentro de mim confia nisso. Julio começa a chorar. Com lágrimas, o rosto deste homem é ainda mais velho. Deixo-o ali por muito tempo, mesmo que meu celular toque a cada cinco minutos. Imagino Miséria mandando mensagens para as próximas consultas e o deixo no silencioso.

Se não fosse o Pirralho me esperando quando chego em casa, tudo o que estamos fazendo o tempo todo é dizer adeus.

— Não quero desenterrá-la. — E, já sem fúria, acrescenta: — Pra mim é isso, acabou.

Despedimo-nos. Pego um pano para limpar a mesa e, quando a terra cai no chão, continuo esfregando até sentir enjoo. É mais fácil tirá-la da mesa do que de dentro de mim. Hoje não quero atender mais ninguém, então mando uma mensagem para Miséria remarcar as consultas.

68

Os passos de Julio ficam desenhados no chão e eu me inclino para passar a mão sobre eles. Necessito saber dele.

Amontoo essa terra em que deixou sua marca e, como se fosse rezar, juntas as palmas das mãos para que não possa escapar, levanto-a do chão. Ponho um pouco na boca e deixo cair o corpo em uma cadeira para fechar os olhos. Tudo parece arrasado, uma escuridão crua, paredes nuas e uma foto borrada ao fundo. Não se ouve nada aqui e não se vê nenhuma cor. O tempo passa e a escuridão não esmorece, a imagem fica um pouco mais nítida, mas ainda espero ver o Julio, que acaba aparecendo de cima. Debaixo dele tudo é lama. Vermes cegos desenhando pequenos túneis. Vermes se afogando em seus próprios lodos. Debaixo dele tudo é escuro, mal se destacam, brilhantes, as lesmas rastejando aos pés de Julio e, acima de tudo, claro, seu tronco, mas sobretudo suas mãos, a única coisa em foco, branco sobre preto, tecem um nó. Estamos rodeados de paredes que contêm a umidade gelada do fundo de um poço. Algo se rompe e tudo dentro de minha visão se acelera. Eu preferia não vê-lo pular, uma ponta da corda amarrada na trave e a outra mordendo seu pescoço até sufocar. Suspenso bem no meio da terra aberta que está esperando por ele.

69

Yose me ligou dizendo que a Tina está triste e faltou ao trabalho. A Liz também.

Então o Pirralho e eu vamos para o apartamento dela. Acho que é porque o namorado fez alguma coisa com ela, mas quando a Tina abre a porta e nos faz subir as escadas, ela diz que não e, sem acrescentar mais nada, aponta para as fotos na parede. A Tina está de cabelos soltos, uma calça cinza de ginástica e uma camiseta que fica enorme nela. Olho para as fotos e a vejo sorrindo como sempre abraçada a seus dois filhos mais novos. A Liz e a Cometerra me disseram que ela anda juntando dinheiro para as passagens de ida e volta para seu país, mas, como ela nunca me disse nada, também não toco no assunto. O Pirralho toca em tudo e ela, em vez de se irritar ou brigar, começa a brincar com ele, e eu aproveito e tiro minha pochete e começo a contar o dinheiro que eu tinha guardado para comprar umas caixinhas de som. Quando termino, digo: Tome. Com isso é capaz que dê, e passo todo o meu dinheiro para ela. A Tina me diz que não pode pegar nosso dinheiro e quer devolvê-lo para mim sem nem olhar quanto estou dando. É seu. Eu não quero. Além disso, a Cometerra está ganhando superbem. Não está faltando nada nem pra mim nem pro Pirralho. Seus olhos se enchem de lágrimas, ela vai até a cozinha e traz uma lata vazia de leite em pó na qual guarda dinheiro há algum tempo, senta-se ao lado dela e vai montando pilhas de mil pesos. Repete em voz alta, para ver se o Pirralho aprende: um, dois, três, quatro...

Quando acaba, a Tina sorri para nós e chora ao mesmo tempo. O interfone toca. É a Liz. A Tina me diz para esperar, que ela quer que nós três brindemos juntas.

70

Hoje não abrimos, mas ainda sinto a ressaca da terra em meu corpo, que me obriga a ficar ativa. Há dias, em uma xerox que foi deixada aberta ao lado da mesa, a menina com os lábios colados e os olhos mais tristes do mundo vem exigindo algo de mim. Desta vez, não é a pressa para salvá-la, mas os pontos negros em suas pupilas que parecem falar apenas comigo. Ao redor, várias xerox ainda estão dobradas. Eu não deveria olhá-las nos olhos porque elas se enfiam dentro de mim. Antes de tomar banho, me aproximo e leio: se chama Martina e já se passaram três meses desde a última vez que a viram. Estava saindo da escola e disse às amigas que ia direto para casa, mas não chegou.

Nunca vou conseguir me acostumar com isso.

Tiro a roupa e abro as torneiras. Quando começo a me molhar, sei que vou ligar. Martina se aloja dentro do meu coração e da minha cabeça, e a ressaca da terra me pede que eu aguente, que eu ainda possa engolir um pouco mais.

Ao sair, deixo marcas no piso. Essas pegadas também duram um tempo. Eu me desespero. Pego meu celular, aflita, e meus dedos úmidos deslizam pela tela sensível ao toque. Passo a toalha nele antes que se estropie. Ligo para o número de telefone no rodapé da foto.

— Preciso da terra da Martina para encontrá-la. — A mulher que atende fica feliz e me diz que sabe de mim, que as amigas de Martina já falaram de mim.

— Sou muito velha. Não consigo chegar ao seu local de atendimento. — Ela me dá o endereço e combinamos de nos encontrar, mas é longe demais. Penso em Ezequiel e não sei se devo chamá-lo. Tenho vontade de vê-lo e que ele me acompanhe, mas não quero que depois fique me buscando para resolver os casos que caem nas mãos da polícia.

Termino de me enxugar e visto a roupa: uma camisetinha preta e uma minissaia que Miséria não usa mais. Com Ezequiel é diferente: não posso chamá-lo estando nua. Volto ao banheiro para escovar os dentes e delinear os olhos. Quando finalmente telefono para ele, parece que estava me esperando. Demora uma hora para chegar, me dá um beijo interminável e eu sinto seu hálito de cigarro e o mesmo perfume de sempre. Ele me envolve em um abraço que me dá vontade de esquecer tudo. A casa é só para nós dois, nem mesmo a Polenta está. Mas Ezequiel me interrompe sem me dar espaço para negociar:

— Vamos lá.

Não é tão longe quanto eu pensava. Sentada ao lado dele, viro a cabeça para a janela, olho para os prédios e as calçadas cheias de gente. Se Lucas de repente me vir com Ezequiel, não faço ideia do que vou dizer a ele.

— Você está muito quieta. No que está pensando?

Sinto um fogo subir no meu rosto. Sei que corei e viro a cabeça de novo para que Ezequiel não me olhe na cara:

— Em nada. — E eu não sei se ele vai perceber que justo agora eu estou pensando em outro homem.

— E o seu velho? Você sabe alguma coisa dele?

Eu não esperava que ele me perguntasse de novo sobre o velho. Por que insiste?

Mas, justo quando vou dizer não, ele para o carro porque estamos chegando.

É uma das poucas casas baixas do quarteirão, com apenas um quarto cinza construído no andar de cima, ao lado de uma caixa d'água. Eu olho para um lado e depois para o outro, e todo o resto são prédios muito altos. Dentro da casa há apenas alguns vasos que esqueceram de regar há muito tempo. Nenhum terreno que Martina pudesse ter pisado, nenhum jardim. Como é difícil encontrar alguém se tudo está sempre tão separado da terra. A avó vem nos cumprimentar. Tem cabelos brancos como uma joia antiga e um rosto enrugado e triste. Parece que estava chorando, mas sua voz sai forte.

— Bem-vinda. Eu estava te esperando.

Logo se aproximam três meninas que saem de casa. São as amigas de Martina. Ficamos parados no pátio e de repente ninguém mais sabe o que dizer. Meus olhos vagam pelos cantos procurando alguma terra. Felizmente a avó nos convida a entrar. Há um par de cadeiras e uma mesa, e ela e eu nos sentamos ali. Nos servem água.

As meninas dizem que me seguem nas redes sociais, por um segundo odeio Miséria e suas invenções.

— Buscamos do nosso jeito. Nos reunimos com outras meninas pra fazer os cartazes e espalhá-los pelo bairro, ao longo da Rivadavia e do outro lado da estação. Mas o tempo passa e a Martina, nada.

Fico calada, olhando para as fotos na sala, e a avó parece perceber:

— Mesmo que nossas amadas morram, o amor não morre. E vamos continuar amando-as além de tudo.

As três meninas olham para Ezequiel com tanta desconfiança que ele foi andando para trás pouco a pouco, até que ficou em um canto da sala, me esperando, calado.

Nem mesmo para mim, que o conheço há muito tempo e o vi mil vezes de uniforme, Ezequiel parece um cana.

71

Hoje é sábado e não abrimos. Vou para casa e é a primeira vez sem o Pirralho. Eu ligo para a Lula e ela me diz para não ter pressa para buscá-lo, que eles estão se divertindo. Só por causa do Walter saí da Tina bem cedo e vim para nossa casa. Escrevo-lhe para ver o que está fazendo e ele logo responde: Estou com o dinheiro. Quero levar pra minha tia hoje. Consigo senti-lo nervoso até pelas mensagens de celular. Hoje? Eu gostaria de procurá-los no Facebook ou no Instagram, ver o que eles estão fazendo, descobrir se é verdade que o homem está doente, mas nem o Walter nem sua irmã nunca me disseram seu nome, então não posso. Digo-lhe: Não acho bom ir na casa dela. O que você acha? E ele responde: Eu já tinha pensado nisso. Marcamos num bar.

O Walter sai mais cedo do que nunca. Joga todo o dinheiro da gaveta em cima da nossa cama e conta. Setenta mil, não temos mais um único tostão.

Enquanto ele está arrumando tudo em um pacote, acho que vou ter que dizer à Lula que vou poder dar seu pagamento só no domingo. O bar fica na Rivadavia, mais perto impossível. Andamos em silêncio, nem eu tenho nada a dizer. O Walter tem medo de que seu velho também apareça, e ele não gosta disso. Não quer mostrar nada do seu novo bairro, sua nova casa, e nós também não. Quer sua nova família limpa do seu mal.

72

— Vocês sabem que eu preciso de terra pra encontrá-la?
As meninas param de olhar para Ezequiel. Agora têm um problema de verdade. Elas saem da sala e voltam carregando uma planta mais raquítica do que um pau dentro de um vaso que a sufoca, seca de dar dó. Não gosto de vasos. São gaiolas para a terra.
A avó pede desculpas:
— Era a Martina que cuidava das plantas.
Assim que põem o vaso na minha frente, eu rego com a água que tinham trazido para mim, para tentar amaciar a terra, tomando cuidado para não quebrar as raízes. Esta é terra em que nunca se pisou:
— Preciso de um prato pra pôr o que for tirando do vaso e algumas coisas que a Martina usou, que sejam pequenas, que possam entrar aqui.
As meninas saem e voltam com uma caneta azul, um adesivo e um delineador. Deixam tudo em cima da mesa, diante da avó de Martina, mas eu imediatamente estendo as mãos e aproximo tudo de mim. Então aponto para Ezequiel e digo a elas:
— Estão vendo ele? É quem garante que ninguém olhe pra mim quando eu engulo terra, então por meia hora vocês não podem olhar pra mim.
Ezequiel aproveita para sair de seu canto e vir para o meu lado. Nem preciso dizer a ele: Não olhe também, porque assim que ele apoia a mão no meu ombro, vira a cabeça para o outro lado.
Começo a enfiar os dedos no vaso e retiro lentamente a terra molhada para deixá-la no centro do prato. Quando uma pilha

é formada, eu a separo e ponho as coisas de Martina no meio. Tiro um pouco mais e vou jogando para cobrir tudo, até que no fim apoio as mãos em cima. Com as pontas dos dedos, vou levando à boca. Eu a sinto fria, mas muito macia. Com a água, a terra mínima de Martina se soltou e se deixa comer. Engulo sabendo que não vai raspar minha garganta. Fecho os olhos.

É um dia claro e ela se despede de outras meninas. Reconheço uma, aquela que me trouxe o adesivo.

Estou tão perto de Martina que posso ouvir sua voz:

— Vou pra casa.

Martina é tão linda que parece brilhar, anda como se tudo estivesse indo bem para ela. Mas, ao chegar à esquina, alguém pede socorro na borda da calçada. Um jovem se inclina sobre a perna machucada. Martina se aproxima para ver o que está acontecendo e o cara a agarra. Embora resista, é muito fácil enfiá-la em um carro.

Tento ver para onde o homem a leva, mas ele foge a toda a velocidade.

Tateio o vaso de novo. Já não me importam as raízes, engulo algumas, frescas como vermes. Sinto ânsia, mas tenho medo de perdê-la. Agora sigo em frente sobre um piso de cimento salpicado de preto.

Fico desesperada para ir em frente, mas com a pintura acontece o mesmo que com o céu, quando as nuvens mudam o tempo todo e parece que o mundo se move, te acompanhando. As manchas do piso ficam vermelhas. Ando com cuidado para não pisar nelas até que se assemelhem ao rastro de uma mulher ferida. Levanto a vista e lá está Martina feito uma bolinha no chão cinza, mas uma mancha enorme sai de seu corpo. Ela está deitada de lado como os bebês às vezes dormem e os cabelos cobrem parte de sua boca, mas não os olhos, sempre abertos como os de um peixe.

Ao seu redor há carros abandonados que formam montanhas de sucata. As manchas pretas são a graxa dos motores que também foram levados para morrer naquele local. Procuro meu celular e tiro fotos de tudo para dar a Ezequiel, menos dela. Não quero que ela seja lembrada assim. Nem pela avó, nem pelas amigas, nem por ninguém. Agora a polícia tem que cuidar disso.

Abro os olhos com dor porque Martina está muito gravada em minha mente, e chega a hora de contar.

73

Chegamos dez minutos mais cedo, observamos o interior e não há nenhuma mulher.

Mais do que um bar, é uma pizzaria bastante antiga, que ninguém limpa muito e tem cheiro de coisa velha. Entramos, o Walter pede duas cervejas e nos sentamos para esperar em uma mesinha que dá vista para a avenida por trás de uma janela empoeirada. O Walter demora para reconhecê-la. Ela não. Assim que o vê, vem direto para a nossa mesa. É uma mulher enxuta, quase mais magra do que eu, porém alta e musculosa. Os anos não extinguiram suas forças. Cheira como todos os cigarros do mundo e seu cabelo é tingido da mesma cor do tabaco que parece estar sugando sua umidade. Fala, e até sua voz parece ter sido desgastada pelo cigarro e pelo tempo: Trouxe tudo?

Diante daquela mulher, o Walter parece se encher de sombras. Gosto que ela não pergunte sobre mim, que se sente à mesa como se eu não existisse e comece a falar de grana só com ele: Seu velho está doente, nem você nem a comedora de terra vão cuidar dele. Eu tomo conta disso, mas você tem que pagar. Desde quando estar doente significa ir pra outro lugar?, o Walter pergunta enquanto puxa o maço de notas e o coloca na frente do nariz da tia. Tão facilmente quanto posso sentir o cheiro dos cigarros, essa mulher sente as notas com todo o corpo. Você está fazendo um bom negócio, Walter. Acredite em mim. Você devia é me agradecer. Não precisa contar as notas, seus olhos escaneiam a grana. Abre uma bolsa de couro que parece mais velha do que ela, na qual guarda o dinheiro. Antes de sair, acende um cigarro com um isqueiro que carrega no bolso da calça jeans. Não se importa quando uma garçonete lhe diz que é proibido fumar lá dentro. Responde sem tirar o cigarro dos lábios: Já estou saindo, e vira para o Walter e lança: E seu filho? Mas o Walter não abre a boca. A mulher dá uns passos até a porta e nos observa de cima a baixo, demorando-se mais em mim, como se tivesse acabado de perceber que eu existo: Acha que eu não sei que você tem um filho?

O Walter a encara. Nunca tinha visto essa cara de ódio dele: Por quê, tia? Se você nunca gostou de criança. A mulher abre um sorriso sinistro. Uma gargalhada que deixa à mostra seus dentes manchados e a língua que os ácidos na sua barriga tornam amarelada e dividida por sulcos. Ela olha para o Walter pela última vez e, ainda rindo, joga na cara dele: Você é um mal-agradecido. Volta-se para a porta. Só então a nuvem escura acima da cabeça do Walter deixa de lhe fazer sombra e vai com ela. Enfim ficamos sozinhos.

O Walter diz que não pede mais duas cervejas porque não tem grana nem pra isso, mas que agora estamos livres. A gente se beija e ele pega o pouco dinheiro que lhe resta, paga e diz que não se sente tão bem há semanas. Nos levantamos e saímos do bar abraçados. Quando chegamos à esquina, um rato gordo sai de um ralo e corre em direção aos trilhos do trem. No céu há um sol tremendo.

74

No caminho de volta, estou ainda mais calada do que antes. No início eu queria muito ver Ezequiel e agora não consigo falar uma palavra.

— Você está triste?

Ele me pergunta quando paramos em um sinal vermelho.

— Não — respondo. — É só a terra dentro de mim, pesa. — Mas sei que é mentira. Estou triste por Martina, por sua avó e por todas.

Preciso de alguém para tirar isso da minha cabeça, e tenho vontade de dizer ao Ezequiel que é melhor irmos para a casa dele.

Respiro fundo, mas engulo meu suspiro para que ele não ouça. Ezequiel me observa por alguns quarteirões. Já não sorri, pensa um pouco e me pergunta:

— Você nunca pensou em experimentar a terra do seu velho?

— Você ficou louco?

Ezequiel me interrompe:

— Não é pra tanto. Só fiquei curioso.

Fico em silêncio lembrando: A última vez que tentei saber do meu velho usando terra e seu abridor, a tia ameaçou queimar minha língua. Meu irmão e eu perdemos tudo, mãe, pai, tia, abridor de garrafas, casa. Foi preciso alguns anos e virmos para cá construir algo como uma casa de novo e agora Ezequiel vem me perguntar sobre meu velho como se nada tivesse acontecido.

Quando olho pela janela outra vez, percebo que já estamos chegando.

— Nos vemos no domingo. Quero fazer alguma coisa com você, mas se precisar de algo, me ligue — diz Ezequiel e, antes de sair do carro, procura minha boca. Gosto de senti-lo quente, embora agora até o gosto de sua língua seja diferente para mim. A terra dá ressaca e vai começar a queimar meu estômago. Estou no início de uma longa noite.

Digo que sim, e pretendo esperar por ele no domingo bem limpa de terra.

Olho para ele. Também mudou bastante no tempo em que não nos vimos e tem algo um pouco mais escuro, não só nas roupas pretas, mas na sombra ao redor dos olhos. Trocamos mais um beijo breve e eu saio do carro enquanto ele se certifica de que abro a porta de casa antes de ir embora.

Quando entro, Miséria e o Pirralho estão dormindo no quarto e o Walter está me esperando com a Polenta aos seus pés.

75

Assim que ouve minha voz, a cachorra vem em minha direção abanando o rabo.

— Eu estava te esperando — diz meu irmão, e percebo o quanto tenho sentido falta dele ultimamente.

Walter trouxe um par de cervejas e uma pizza. Nos sentamos juntos, lado a lado. Com meu irmão, é fácil parar de sentir fome e começar a comer, parar de se sentir triste e se abraçar.

Ezequiel tinha notado minha tristeza antes de mim e tinha se saído com o lance do velho. Hoje preciso de outra coisa.

Depois de provar a primeira fatia de pizza, a cerveja foi uma festa só para nós dois.

— Senti sua falta.

— Eu também, maninha.

Não preciso perguntar mais nada a ele. Walter entende tudo de primeira.

— Estive esse tempo todo trabalhando em dois lugares, mas isso acabou. Agora vou passar muito mais tempo aqui.

— A paciência da Miséria quase esgotou — respondo na hora. — Mas eu, mesmo que não te perguntasse nada, também não me sentia bem sem você.

Walter abaixa a cabeça e para de sorrir. Ele tinha parado de olhar para mim e eu percebi que queria me dizer algo, mas, como quando éramos crianças, lhe custava começar.

— Maninha. Tenho que te dizer uma coisa: precisei começar a juntar algum dinheiro porque a tia apareceu.

Sinto um nó de fogo na garganta, como se em vez da língua minha tia aparecesse mais de dez anos depois para queimar minha traqueia.

Meu irmão não espera que eu responda. Continua:

— A tia chegou dizendo que o velho estava muito doente, que precisava se tratar, e pra isso precisavam de dinheiro.

Sinto uma pontada na barriga como se estivessem me cavoucando com uma faca. Ezequiel e Walter me falando do velho no mesmo dia me parece demais.

Mal consigo falar. Só lhe pergunto:

— Você o viu?

E meu irmão responde:

— Não me animei, a tia não insistiu. Tive que vê-la porque ela apareceu na oficina. E hoje eu fui com a Miséria dar o que ela pediu. Mas acabou.

Não digo nada. Gostaria que Walter tivesse me contado tudo isso desde o início, mas o vejo tão preocupado que me aproximo dele e digo:

— Estamos juntos nessa também.

Walter responde que sim, balançando a cabeça, mas principalmente com algo dentro dos olhos, como se estivesse aliviado de um fardo enorme. E sinto todo o cansaço do dia e da terra me derrubando. Preciso de minha cama e ao mesmo tempo tenho muito medo de não dormir. Penso em Ana com resignação. Nunca posso escolher quando sonhar com ela e quando não sonhar.

— O velho está doente. Foi o que a tia veio dizer.

Dou um abraço no Walter para que ele fique tranquilo mesmo que ainda não saiba bem o que vamos fazer, e meu irmão permanece assim por muito tempo, como quando éramos crianças e estávamos só nós dois, sem Miséria, sem o Pirralho, sem a Polenta, sem minha tia e, acima de tudo, sem meu velho. Aí ele vai para o quarto dele e eu vou pegar meu colchão e os cobertores com a Polenta, que trota ao meu lado. Ponho tudo no chão, arrumo a cama e deitamos uma ao lado da outra.

Passar a mão no pelo da Polenta me deixa melhor. Antes de fechar os olhos, prometo a mim mesma:

Hoje vou sonhar com qualquer coisa, mas, por favor, com o velho não.

76

Fazia anos que ela não falava comigo daquele jeito, como se tivesse se despojado de toda a raiva para voltar a ser a professora Ana que eu tanto amava:
— Aylén, feche os dois olhos juntos, mas abra os dois olhos juntos também.
Além disso, ela está vestida como minha professora de sempre e então me sinto, por uma noite, sua aluna de novo, e eu adoro. Mas não dura muito, ela tenta disfarçar que está nervosa, faz isso por mim e já me parece muito. A professora Ana voltou para me dizer uma coisa:
— Tem uma mulher, ela conhece mundos que você nem imagina. Quando fechar os olhos, feche-os juntos, mas acima de tudo volte a abri-los juntos também. Entendeu, Aylén?
E mesmo que eu não entenda nada e a única coisa que importe para mim seja vê-la em meu sonho de novo igual a quando eu tinha sete anos de idade, minha doce e bela professora de sempre, eu a vejo se desesperar tanto que digo sim.
Mas não quero ir embora, quero ficar a noite toda com ela.
E Ana insiste:
— Aylén, acorde deste sonho de uma vez. Abra os olhos e se apresse.
E novamente eu digo que sim, Ana, sim.
Mesmo que agora eu não consiga nem abrir um olho para abandonar o sonho. Ainda mais os dois.
A professora Ana me agarra com força pelos ombros e então percebo que tudo mudou, que não tenho mais sete anos e algo ruim está prestes a acontecer comigo:
— Aylén, acorde deste sonho de uma vez. Abra os olhos e se apresse.

77

Minha mãe sempre me dava mate de leite, mas o Walter e a Cometerra não sabem o que é, para eles é mate e pronto. A primeira vez os dois me olharam horrorizados enquanto eu despejava leite quente no buraco aberto na erva, na cuia de plástico que comprei na feira só para o Pirralho. Com o tempo, foram se acostumando.

   Volto da cozinha com a chaleira na mão e vejo como o Pirralho faz barulho com o mate de leite em cima dos joelhos do Walter, enquanto a Cometerra ralha com ele dizendo: Que nojo, Pirralho. Você acabou de estragar. Como é que vai pôr leite e açúcar? Vou ter que jogar fora. O Pirralho não responde nada, apenas agita o chimarrão para que o Walter ponha mais leite morno do jarro. Depois ele pega a cuia e enfia a bombilha na boca. Dá duas chupadas e volta a agitar a cuia de plástico, dizendo: vede. Não tem nem dois anos e já sabe umas cinco cores. Ponho duas colheres de açúcar e um pouco mais de leite morno, devolvo-lhe e ele começa a sugar como se fosse um peito novo. O Walter passa a mão por seus cabelos: Quando você for dormir, tua tia malvada vai jogar no lixo. O Walter e o Pirralho riem e eu gosto desses momentos juntos, antes de ele sair para a oficina e nós para a loja, antes de a Lula vir pegar o Pirralho para irem à casa dela. Somos nós quatro.

   O Pirralho se afasta da bombilha por um segundo para mostrar uma risada de dentes separados. Dentes de leite. Do leite dos meus peitos e desse leite novo também. "Quando a Lula vai chegar?", pergunta a Cometerra, olhando para algo no celular, e o Walter responde que ele fica com o Pirralho até que ela chegue.

Lu-la, diz o Pirralho com um sorriso cheio de leite.

Já sabe: ma-má, ba-la, pa-pá, Lu-la e as cinco cores que ela lhe ensinou. Também ca-sa, que pronuncia muito bem. O Pirralho está mudando. Faz tanto tempo que os cabelos da sua cabeça caíram, igual à penugem escura e macia das suas costas, onde eu gostava de passar a mão para fazê-lo dormir, e aos poucos foi deixando de ser um bebê. Agora é uma criança e há algo no seu cheiro que é como se embriagar. É o cheiro doce de mate de leite e açúcar que espero que nunca desapareça.

Ele volta a sugar a bombilha até que o leite do chimarrão acaba e ele o aperta com muita força com as duas mãos e repete: Lu-la, Lu-la.

Espero que a Cometerra não diga nada porque ele ainda não aprendeu a chamá-la. Eu aponto para ela e digo: Quem é? A tia má, o Walter responde, e os três morrem de rir.

Quando a Cometerra e eu estamos saindo para ir à loja, dou um beijo no Walter e o Pirralho levanta seu mate e diz: Eite, apontando para o jarro de metal onde o leite está quase acabando.

78

O dia foi longo. Antes de atravessar a General Paz para buscar o Pirralho, sinto vontade de beber. Deve ser porque vi a Cometerra enchendo a cara. Mando um recado para a Lula, mas ela não responde. Como estou a algumas quadras de distância, paro em um quiosque. Peço duas garrafinhas de cerveja, mas eles não têm na geladeira, então levo um litro de cerveja bem gelada. Um gole de cerveja gelada me desperta. Ao passar pelo posto de vigilância da polícia, escondo a garrafa embaixo da jaqueta. Ando alguns quarteirões em linha reta e assim que chego lá a porta é aberta pela mãe da Lula, que está prestes a começar a chorar. O Pirralho se assoma entre suas pernas. Ela me conta que a Lula e meu filho estavam brincando ali na frente, com a porta aberta, e que em determinado momento o Pirralho voltou sozinho, e que ela esperou alguns minutos pela Lula, mas como ela não vinha, saiu para procurá-la e não a encontrou em lugar nenhum. O celular dela está na mesa. Também não levou a jaqueta ou a mochila, que ficaram no seu quarto, em cima da cama. Há quanto tempo? Há menos de duas horas. Estava começando a escurecer. O Pirralho passa as mãozinhas pelo meu rosto. Lu-la, diz, apontando para fora. Capaz de ter visto algo e não consegue falar. A mãe da Lula e eu nos olhamos, mas nenhuma de nós fala nada. Sabemos que algo ruim aconteceu com ela, porque nunca deixaria o Pirralho sozinho. A mãe da Lula pede para eu não perder tempo, que a gente tem que avisar a Tina, Yose e todo mundo, que a gente vai ter que ir na polícia. Eu olho no celular, mas não tenho o número do Ezequiel. Esvazio a cerveja que era destinada a Lula na pia da cozinha e a enxaguo. Pego uma colher e vou com o

Pirralho até a entrada. Eu me agacho, apoiando um joelho no chão. Procuro um lugar onde não há plantas ou grama, enfio a colher e a levanto cheia. O Pirralho me imita e enfiamos com cuidado a terra dentro da garrafa. Engulo as lágrimas. Todos os dias atendo pessoas que procuram seus entes queridos e nunca me ocorreu que isso pudesse acontecer comigo.

79

Dentro desta casa eu não engulo terra, a Cometerra responde quando chego com a garrafa e lhe conto tudo, e pela primeira vez na vida fico tão zangada que tenho vontade de agarrá-la pelos cabelos e enchê-la de tapas. Você entende que estamos falando da Lula? Mas ela se levanta a um por hora, vai atrás de uma jaqueta, pega as chaves da sala de atendimento de cima da mesa e só então me diz: Vamos?, como se o tempo não importasse. Você tem que comer terra agora mesmo pra fazer a Lula aparecer. Eu imploro, mas ela não me dá bola. Antes de sair, pego o celular e vejo que há muitas mensagens. Yose, Tina, Neri, Bombay. Eu só respondo à Tina que vamos à sala para rastrear a Lula, que se eles quiserem ir eu peço ao Walter que fique e cuide do Pirralho, que está dormindo na nossa cama. Depois entro no quarto para lhe dar um beijo com todo o cuidado para que ele não acorde, mas encontro-o sentado no colchão, com um vaso de avenca na mão e a boca cheia de terra. Eu grito tão alto que a Cometerra e seu irmão correm até nós dois. Está vendo? Você não entende, Miséria. Você tem que ter cuidado com o que se diz nesta casa. A Cometerra pega o Pirralho e lava bem a boca e as mãos dele.

Abraço o Walter e começo a chorar, enquanto ouço sua voz falando com o Pirralho com toda a doçura do mundo. Você comeu terra? O Pirralho balança a cabeça para cima e para baixo e aponta para um dos vasos dizendo Lu-la. Tenho vontade de chorar de novo. O Pirralho comeu terra porque me ouviu e agora é tarde demais. Não posso fazer nada. Feche os olhinhos. Ela lhe diz, pondo a mão nas pálpebras dele, e sinto meu coração sair pela boca. O que você vê? O Pirralho não diz nada. Todos nós esperamos um tempo que se torna eterno para ver se ele começa a falar e só então a Cometerra lhe pergunta de novo: Olhe bem. Está vendo alguma coisa? O Walter e eu quase paramos de respirar até que nosso filho responde: Pe-to. E a Cometerra insiste: Está tudo preto aí?

E o Pirralho diz que sim e só então ela tira a mão para abrir seus olhos de novo. Nós quatro nos abraçamos. Depois, a Cometerra promete que vai encontrar a Lula. E eu me despeço do Walter, que me diz que não vai dormir até dar um banho no Pirralho e se certificar de que está tudo bem; e que vai ficar acordado do lado do celular.

80

A Polenta queria nos seguir, mas a Cometerra a empurrou para dentro e fechou a porta. A cadela chora e arranha a madeira com as patinhas. E me parece que teria sido melhor trazê-la para andar por essas ruas à noite. A Cometerra parece um robô, se move como se estivesse programada. A escuridão é tão profunda quanto seu silêncio e não consigo parar de falar: falo da Lula, da mãe dela, do Pirralho, do medo que me dá se ele pensar em engolir terra mais uma vez, da Nerina que me mandou um áudio chorando, de como sempre achei que eram namoradas, mas a Lula nunca me disse nada. Eu falo, falo, falo… Chega, Miséria, a Cometerra me interrompe e eu tento ficar calada, mas preciso conversar. Não consigo engolir as coisas. A Cometerra se detém: Você sabe como é, pra mim, ter que engolir a terra da Lula? Você sabe como é pra mim…? E para por aí, sem sequer nomear a Lula outra vez.

81

Estou carregando a mochila mais pesada do mundo. Miséria abre a porta e me segue de perto como se eu pudesse fugir.
— Eu prometi pro Pirralho. Não fode comigo.
Eu gostaria de ter tempo, mas não há. Para resgatar uma menina, você tem que ser mais rápida do que os caçadores.
Sento-me e peço a ela:
— Me dá a garrafa, Miséria. — Vou espalhando na mesa. A terra das pessoas que eu amo é diferente, elas também sabem muito sobre mim. Toda vez que penso em Lula estou ali, sou o ouvido que a ouve, o olho que a vê, o coração que a sente: Lula entra abraçada com Nerina e ambas sorriem, Lula pega o Pirralho que estende as mãozinhas pedindo colo, Miséria, Yose e Lula riem de algo que Neri acabou de dizer. Não consigo parar de pensar nela enquanto apoio as mãos no chão. O calor de Lula é diferente, é seu, mas agora eu o sinto fraco, desaparecendo.
Não olhe pra mim — digo a Miséria.
Hoje quero comer mais, se necessário, comer toda a terra de Lula que conseguimos reunir.
Minha língua sente, minha garganta dói, minha barriga pesa. Levo o último punhado à boca, mesmo tendo ânsia de vômito faço um esforço e engulo de qualquer jeito.
E, depois de tudo, fecho os olhos.

82

Acordo em uma cama. A colcha vermelha parece nova, os espelhos brilham refletindo os lampejos dourados de uma lâmpada. A TV está desligada, mas dá para ouvir música e conversas vindas de fora. Mal posso esperar para encontrar Lula, então vou até a porta e a abro justo no momento em que um casal se aproxima se beijando no meio de um corredor acarpetado que não termina nunca. Nós nos cruzamos e eles nem olham para mim, concentrados no corpo um do outro. O tapete é sempre novo, mesmo que, ao avançar, eu me depare com outros casais que estão andando nele. Não tem uma única marca. Começo a correr em direção à luz do fundo de um enorme salão.

Há um bar cheio de garrafas caras, e as taças se multiplicam nos espelhos. Um barman trabalha sem parar e várias garçonetes servem em bandejas prateadas. As meninas que dançam são tão jovens e bonitas quanto Lula, mas ela também não está aqui.

Um garoto toca música, é a mesma música triste que se repete sem que ninguém perceba. Eu procuro Lula, mas um homem me puxa pelas mãos, tirando-me para dançar. Eu não danço, mas também não consigo me soltar. Na parede dos fundos, vejo um olho. É bem aberto e azul-claro, com glitter nos cílios. Sinto algo vivo que me dá medo.

A música começa a me atordoar e eu quero ir para a parede do olho, mas o cara não me solta. Uma garota de shorts brancos e regata justa vem até mim e pede ao homem que a deixe dançar comigo. O cara me solta de má vontade e ela gentilmente agarra minha cintura e sorri para mim. Tem os lábios vermelhos e os dentes mais brancos que já vi em toda a vida. Deixo-me levar pela música e pela forma como ela me guia. É como se estivesse me balançando em um canto do salão. Quando a música termina a gente se separa, mas ela não me solta, não precisa de muito para me fazer segui-la. Quero perguntar por Lula, mas quando falo com ela, a música repete a todo volume a mesma canção. Eu grito o nome de Lula para ela, que se vira para mim me oferecendo um sorriso. Parece não me ouvir. Gira uma maçaneta e me diz para segui-la, deixando-me no meio de um quarto escuro. Uma mulher de turbante roxo e lábios pintados de bordô nem me pergunta quem eu sou:

— Você finalmente chegou. Eu queria muito te conhecer.

Quando me viro, a menina que me trouxe até aqui desaparece, fechando a porta. A mulher vem até mim e aperta um pouco meus braços, conferindo meus músculos:

— Você é só essa porcaria? — Não lhe respondo nada. Também quero dizer a ela que vim procurar Lula, mas as palavras não se animam a sair de minha boca.

— Pobre Cometerra. Ninguém te ensinou nada e você pensa que é fácil assim entrar no território de outra bruxa. Sou a Rainha da Noite, mas todo mundo no bairro me chama de Madame.

Tenho certeza de que nunca ouvi esses nomes. A mulher também confere meu pescoço e as pernas e ri, dizendo:

— Nem uma tatuagem, nem uma queimadura, nem nada. — Quando ela puxa minha camiseta para ver meu decote, dou um pulo para trás.

— Você é um animal sem nome, Cometerra. Não lhe disseram que um nome é a coisa mais importante que uma bruxa pode ter? Um nome e dois olhos — dá risada. — As pupilas são as portas de entrada pro corpo, e é fundamental que uma bruxa as conserve. Mas esta noite você invadiu minha casa sem ser convidada, Cometerra.

Dois homens entram no quarto e ficam por perto.

Madame acende um cigarro tão gordo quanto um dedo e o enfia na boca.

— Eu só quero a Lula e vou embora — digo como se fosse um pedido de desculpas, e Madame chega tão perto que sinto o calor daquele enorme cigarro pendendo em seus lábios. Seus olhos mudaram para um azul profundo e a voz dela é grave, como se mais alguém tivesse entrado em seu corpo. Ela dá uma tragada e sopra toda a fumaça em meu rosto. É clara e cheira a veneno. Madame fuma e traga a fumaça como se estivesse bebendo toda a escuridão da noite, e eu começo a sentir os mesmos redemoinhos que a fumaça faz quando sobe, mas girando dentro de meu estômago. Tenho vontade de vomitar, mas não quero perder a terra da Lula.

Madame traga de novo e, quando solta a fumaça, pequenas aranhas pretas ganham o ar. Eu já não resisto. Recebo esses insetos rastejando por todo o quarto até cobri-lo por completo. Eles se enfiam por meu nariz, ferindo tudo em seu caminho: cabelo, pele, carne, o tecido mole de minha garganta. Sinto suas patas caminhando por todos os lados. Elas me picam. Todo o quarto desaparece e, por um momento, também deixo de ver Madame. Quando a fumaça se abre como uma cortina pesada, descubro uma sombra desabada no chão. Está inclinada para a frente e não se move. Conheço sua cabeça multicolorida, um arco-íris que assoma depois de uma tempestade. Madame ri e me diz:

— Aí está, Cometerra. Você não veio buscá-la? Pode levar.

Quero desesperadamente pegar Lula, mas, assim que tento levantá-la, ela volta a cair. Madame se aproxima de mim com um ovo nas mãos, quebra-o na minha testa e um líquido espesso escorre por minha cara e tenta entrar em meus olhos. Aperto os lábios para que não possa entrar. Tudo vira um borrão e Lula desaparece. Eu tateio e quero levantar a cabeça dela para ver se está bem, mas Lula está coberta pela mesma gosma. Procuro seus ombros e eles estão protegidos por penas. Baixo as mãos para as axilas em um último esforço para erguê-la, mas quando pressiono as penas, elas ficam em minhas palmas.

Madame dá risada.

— Você gosta da minha pássara? Tenho muitas.

Nas minhas mãos, as penas que arranquei sem querer se transformam nas madeixas inconfundíveis de Lula. Madame não fuma mais, apenas olha para a ponta de seu cigarro que está ficando cada vez mais vermelho.

— Você vai ter que andar bem direitinha, Cometerra. Não pode mexer comigo de novo. Estou dizendo isso pro seu bem.

Faço que não com a cabeça. Quero lhe explicar que nunca quis chateá-la, que só preciso levar Lula de volta, mas sinto uma gosma empastando minha língua.

— Você gosta de juntar cartazes, olhe o que eu tenho.

Madame tira um panfleto da @Cometerra.Vidente. Mesmo que eu tenha dito mil vezes a Miséria que não fizesse aquilo, há ali uma foto minha. Ela a põe em cima da mesa e fala com ela, e não sei se estou deste lado ou ali, em cima da mesa dela, tão exposta quanto o minúsculo corpo de minha amiga.

— Finalmente me caiu aqui uma passarinha vidente. Desde que você chegou, eu tive que andar me safando da terra. Enquanto você continuava como se nada tivesse acontecido, fazendo o que queria. Mas agora você vai saber por que a noite é minha.

A brasa do cigarro ilumina sua mesa por tempo suficiente para ver meu rosto xerocado novamente. De que lado do quarto estou agora?

O sono dobra meus joelhos. Madame cospe fumaça como o escapamento de uma moto e depois vira o cigarro para baixo para queimar meu olho esquerdo. Morro de dor. O ardor é tão intenso que eu gostaria de arrancar o olho. Ouço a professora Ana falando dentro da minha cabeça: Abra os dois olhos juntos, Cometerra, mas não consigo mais.

Minha pálpebra está fechada, tentando apagar meu olho ardente. Me dá pânico quando penso que nunca mais vai se abrir. Não me escuta nem me faz caso. Imploro ao meu corpo para se defender ou pelo menos se levantar e sair de lá, mas perdi as palavras secretas. Minha voz está muda e me abandono, feito um bolinho ao lado da Lula, ao veneno de Madame.

83

Já se passaram três horas desde que a Cometerra fechou os olhos e eu não consigo acordá-la. Quando eu administro seus horários, nunca demora tanto para ela voltar de uma visão. Eu ia ligar para o Walter, mas ele está com o Pirralho, então é melhor eu chamar a Tina. São duas da manhã, ligo para a Tina, mas quem atende é Yose, que me diz que não quiseram aceitar a queixa e que estão com a Liz procurando pela Lula há horas.

Peço que venham ao espaço, que algo aconteceu com a Cometerra, que eu preciso deles. Guardo o celular no bolso e tento de novo: Cometerra, por favor, acorda. Suplico enquanto tiro os cabelos do rosto dela. Tenho vontade de chorar. Lula desapareceu e eu estou sozinha na noite, com a Cometerra desmaiada. Tudo nela está apagado, exceto os movimentos sob suas pálpebras.

84

Yose ficou falando com ela com amor, suavizando a voz para que pudesse ouvi-la do outro lado, o lado dos sonhos onde a Cometerra ficou presa. Dez minutos antes eu a sacudia e repetia seu nome. Aí a Neri tentou e até a Tina, que também veio, mas nada deu certo. A Cometerra dorme e não sabemos mais o que fazer.

Ela está sentada na cadeira com a cabeça inclinada sobre a mesa e os cabelos se abrindo como folhas de trepadeira. O Bombay nem quer se aproximar, mas não para de dizer: Quanto tempo ela leva pra acordar, como fazemos pra ela voltar? Respondo que ela nunca deve ser despertada das visões, que sempre volta sozinha e permanece em silêncio.

A Neri conta pela vigésima vez que a polícia não lhes deu bola e que a mãe da Lula teve que ser arrastada para fora de lá gritando, porque os tiras riam na cara dela: Ah, vá, dona, com certeza ela está com o namorado.

O Bombay envia a foto dela para todos os seus contatos e para as discotecas onde trabalhou fazendo decoração: Sabem alguma coisa dessa garota?

A Lula não aparece e a Cometerra ficou do outro lado. Nada poderia ter nos saído pior. A Neri me diz: Deve haver algo diferente, pense. Mas por mais que eu repasse na cabeça tudo o que a Cometerra foi fazendo com a terra da Lula, é o mesmo de sempre. Não consigo encontrar uma explicação para ela não ter acordado. Vamos levar essa menina pra uma cama, diz a Tina. E eu lhe digo que não temos nenhuma aqui. Eu sei. Estou dizendo vamos levá-la pra sua casa. A Tina pega o celular para pedir ajuda à Liz. Menciona alguém que eu não conheço e falam sobre uma mulher da sua comunidade. Entre celulares, ligações, amigos e nervos, a noite vai passando sem que nenhuma das duas volte. O sol nasce e decidimos regressar. O Bombay e Yose carregam a Cometerra como se em vez de adormecida ela estivesse bêbada, e a descem pelas escadas até a rua. Eu fecho o estabelecimento e os sigo.

85

O Walter não foi à oficina, a Tina não foi à loja, o Pirralho não foi à casa da Lula e estamos todos esperando que a Liz chegue com a senhora que pode nos ajudar. A Tina acalma o Pirralho. Não tenho quase mais forças.
   O Bombay vai comprar café e prepara copos bem cheios para nos manter acordados. Estamos esperando uma mulher que ninguém conhece, mas quem vem bater na nossa porta é a Lula. O Pirralho, que está inquieto há horas, corre em direção a ela repetindo Lu-la, Lu-la e agarra sua perna. Todos fazemos a mesma coisa. Esse vai ser o abraço com mais corpos de toda a minha vida. Choramos e, quando nos separamos, a Lula pede por favor um celular para ligar para a mãe, porque o dela foi roubado. E também água, muita água. O Walter vai até a cozinha e traz uma garrafa e um copo e ela bebe como se tivesse acabado de atravessar o deserto e então, mais séria do que nunca, ela me passa o Pirralho e se aproxima de onde a Cometerra ainda está dormindo. Olha para ela sem surpresa, como se já soubesse o que aconteceu, apoia as mãos nela cobrindo todo o seu rosto, exceto os lábios, e a beija. A Lula se afasta e a Cometerra continua dormindo, mas, quando desliza sua mão direita, onde agora há uma pequena tatuagem do olho azul-claro, a Cometerra consegue abrir os dois olhos juntos e acorda.
   Todos os corações dentro da minha casa ficam paralisados durante um piscar de olhos antes de voltar a bater.

86

Já se passaram duas semanas desde que acordei, com os dias e as noites sempre iguais, em que ninguém me pediu para provar a terra novamente.

Não sinto nada distinto no olho que Madame queimou, mas do outro lado deve ser diferente. Não voltei para lá. Nunca pensei que pudéssemos ir morrendo por partes.

Mas o tempo vai passando e Miséria foi até nosso espaço e me disse que deixaram a escada atulhada de garrafas com terra.

Não consigo mais continuar me escondendo.

Hoje disse a Miséria que quero recomeçar. Estávamos com Tina:

— Claro que sim, menina, um tropeço não é uma queda.

Hoje, quando saímos juntas para o local de atendimento, vi que Miséria estava muito preocupada. Quase não falou comigo o caminho todo. Não respondeu nem quando eu disse:

— Calma, Miséria. Fui eu que escolhi isso.

Subimos nos esquivando de velas acesas e garrafas.

Agora Lula vem e fica com o Pirralho em casa, às vezes acompanhada da mãe. Esconde o olho tatuado sob um lenço. Todas nós tivemos que mudar nossos hábitos por causa do que Madame fez conosco.

Continuo por causa das meninas que estão desaparecidas, aos poucos, porque não esqueço da queimadura profunda ou das ameaças daquela mulher.

Quero voltar a atender, mas ainda não posso esbarrar com ela. Para enfrentá-la, preciso saber mais. Mesmo que eu não queira, sinto que vamos nos encontrar de novo muito em breve, que aqui estamos sempre próximas uma da outra.

Abro a porta da salinha de atendimento e uma senhora baixinha entra, com um casaco cinza e óculos de fundo de garrafa que deixam seus olhos tão pequenos quanto um animalzinho assustado.

Quando lhe pergunto quem está procurando, ela me diz que, por favor, não vá rejeitar Susy, que ela também precisa ser procurada porque ela é toda a sua família e que sem Susy ela não pode viver.

— Dona, não se preocupe — respondo. — Em todo esse tempo que levo atendendo aqui, nunca dispensei ninguém.

A mulher respira aliviada e nos sentamos, uma de frente para a outra e uma mesa no meio. Primeiro ela me entrega uma garrafa de terra com uma touca em cima, um gorrinho de lã feito de crochê. Ao ver a mulher com a bolsa e a gola também de crochê, imagino que ela fez tudo sozinha.

Olho para a garrafa e vejo que não tem foto e lhe digo:

— Preciso de uma foto da Susy pra ver como ela é. Quantos anos tem?

Ela responde que tem onze e eu observo quanto tempo ela leva para abrir uma bolsinha que aperta como se fosse um tesouro. Tira uma foto e me entrega virada para baixo. Quando a viro, percebo que trouxe a foto de um cachorro.

— Sério?

A mulher não me responde, apenas olha para a imagem de Susy. No começo fico com raiva, mas depois penso na Polenta e entendo. Ela me disse que Susy era toda a sua família.

Eu tinha explicado para Miséria que precisava começar devagar, que eu só ia fazer um atendimento hoje, e é isso que vou fazer. Não é minha culpa que uma senhora tenha vindo à procura de sua cachorra.

— Dona, olhe pra porta por um tempo.

Quando a mulher se vira, tiro o gorrinho de crochê da tampa e despejo um pouco de terra na mesa até fazer um montinho. Deixo a foto de Susy contra a garrafa para que seja a última coisa que verei antes de fechar os olhos. A cadela tem pelos brancos com manchas pretas. Um agasalho de crochê rosa a envolve até o pescoço, onde uma plaquinha prateada com seu nome está pendurada.

Abro o montinho à minha frente com a ponta dos dedos. A terra é macia como quando acaricio o pelo da Polenta, mas tento não pensar nela e olho de novo para a foto. Tenho de me concentrar mais do que nunca para que Madame não apareça. Pego um pouco de terra e enfio na boca tentando gravar o rosto de Susy e, quando começo a engolir, fecho os olhos.

Passeio por um parque em que nunca pisei. Procurei tanto uma pracinha com Miséria e agora ela aparece em meus sonhos. Há cães que correm e perseguem uns aos outros, e alguns com coleira que passeiam com seus donos como crianças quando vão de mãos dadas com seus pais. Escondida sob um dos bancos está uma cachorrinha. Vou até ela e a vejo de costas, seus pelos brancos e as pequenas manchas escuras como as de uma vaquinha. Sei que é ela. Susy está assustada com a cabeça apoiada nas pernas, esperando.

— Susy, não saia daqui. Já estão vindo te buscar. — E quando ouve seu nome, abana o rabo. Quando me inclino, ela passa a língua macia sobre o olho que Madame queimou. Os animais sabem muitas coisas.

Começo a caminhar em direção a um dos cantos da praça. Há um poste azul. Meu olho arde e eu o cubro com a mão para ver o nome, sei que também há números, mas a única coisa que consigo ler é Tuyutí. Repito esse nome muitas vezes. Fecho os olhos juntos e quando volto a abri-los, estou fora.

— Já pode me olhar, a Susy está bem. Na praça da rua Tuyutí, debaixo de um banco.

A mulher me agradece emocionada e saímos juntas.

Volto para casa tão cansada que, em vez de Susy, parece que resgatei metade da cidade.

— Você não fez o dever de casa, Aylén. O que aconteceu?
Pensava em desculpas e não me saía nada. Em minhas noites com Ana eu tinha olhos saudáveis, então isso também não ia me servir.
— Você se esqueceu de fazer? — ela perguntava de novo, e eu tentava lembrar qual era a lição. Se ela me dera alguma coisa, devia ter sido há muito tempo.
— Ela fez — dizia a professora Ana, apontando para uma menina de costas para mim. Eu me mexia tentando vê-la, mas a menina me evitava. Não gostava de ser aquela que não tinha feito o dever de casa. Seu cabelo era muito comprido e tão claro como o mel para tosse que vendiam na feira.
Ela ia até a escrivaninha para que a professora corrigisse a lição. Eu queria que terminassem com aquilo e que passássemos para outra coisa. Mas Ana pegava o que a menina tinha trazido e me dizia:
— Tem uma garrafa que você não abriu. Vai se esquecer desta também?
Era uma garrafa vermelha. Ana a aproximava de mim, estendendo os braços, mas eu não queria tocá-la. As duas riam de mim.
— Vamos, Aylén, me procure. Tome conta desta garrafa.
Finalmente conseguia mexer no cabelo dela e tentava registrar aquele rosto. Mas a professora Ana olhava para mim e ria, sabia que eu ia esquecê-la.
Eu ficava na frente dela e olhava para o seu cabelo e depois para o rosto, e para o cabelo de novo, que agora era o cabelo mais bonito com que eu já sonhara. Ela havia crescido, mas era

ela. Não como antes, quando éramos duas meninas, mas como seria hoje se não a tivessem matado.

— Minha mãe diz que você é uma mentirosa.
— Florensia, é você?

Mas ela recuava e afastava minhas mãos. As lágrimas vinham aos meus olhos:

— Florensia, é você?

Eu não queria acordar. Apertava as pálpebras para continuar sonhando com ela. Fazia tempo que eu tinha aprendido quando um sonho estava quase acabando.

Antes do fim, a professora Ana apoia a garrafa entre nós e diz:

— Tem uma garrafa que você não abriu, talvez seja hora de ir buscá-la.

Ana olha para mim, sua voz é suave. Em vez de me pedir, ela sussurra o melhor conselho que uma professora pode dar à sua aluna mais amada:

— É a garrafa vermelha, Cometerra. Não se esqueça disso.

88

Do rosto da Florensia adulta, como chegou ao meu sonho, esqueci. Mas penso o dia todo na garrafa vermelha que conserva sua terra. Mesmo que eu me concentre, também não sei onde está.

Neste mundo, as garrafas duram mais do que nós.

Por onde andarão, hoje, os ossos de Florensia?

Os ossos que nunca vemos são os que permanecem. Os de Florensia também. Se eu fosse a terra que a abraça e a aquece, tudo doeria menos.

Se eu tivesse uma sepultura para chorá-la, uma placa tão dourada quanto seu cabelo para ler seu belo nome, um lugar para deixar uma flor para ela, a lembrança doeria menos. Mas é tarde demais para isso.

Menti.

E do corpo de Florensia não resta nada além de alguns sonhos em que Ana e eu falamos dela; e uma mãe, Marta, no lugar onde ela e eu nascemos, que por minha causa ainda está esperando sua filha.

Se Marta tivesse nem que fosse um pedacinho daqueles ossos, pelo menos poderia descansar. Não precisaria mais procurá-la, ficando um pouco mais desequilibrada a cada dia.

Mas eu menti.

Alguns acham que eu disse à mãe de Florensia que ela ainda estava viva para proteger meu pai. Acho que Ezequiel, mesmo que não me diga, pensa o mesmo. Isso é mentira, mas, como já menti uma vez, agora ninguém vai acreditar em mim.

Sinto falta de uma amiga e tenho de sobra este pensamento que se repete como um mantra:

Por onde andarão, hoje, os ossos de Florensia?

89

A luz desta parte de Flores se decompõe no verde, amarelo e vermelho do semáforo, e se reproduz em bandeiras, adesivos, tecidos, lenços.

Vou aonde a Liz me indica, pois ela é a única que me disse:

— Cometerra, não posso te ajudar, mas conheço alguém que pode.

À beira da estrada, os africanos que oferecem mercadorias em barracas muito mais precárias do que as da feira curvam-se sobre mantas cheias de óculos escuros. Compartilham de novo as mesmas cores verde, amarelo e vermelho, em broches sobre jaquetas escuras ou na bandeira que tem um leão estampado.

Liz não se distrai com nada, apenas avança, mas não consigo parar de olhar para aquele leão a ponto de saltar do bordado que adorna a jaqueta de um vendedor. Sua pele é mais escura do que o vidro em armações de plástico que ele me oferece. Nunca tive óculos escuros. Antes de continuar caminhando, porque minha amiga está me deixando para trás, eu agradeço, mas não.

Liz vira a esquina e para diante de uma casa que tem apenas dois andares. Na entrada, uma bandeira com muitos quadrados coloridos é sacudida pelo vento. Olho em volta, apenas prédios próximos uns dos outros. A casa de Liz é a mais baixa de todas e também a mais velha. Ela pega as chaves e empurra uma porta de madeira que faz um barulho muito alto. Entramos.

Assim que nos acomodamos, ela me explica:

— Também tentamos recuperar as meninas, mas fazemos de outra forma.

— Funciona?

— Às vezes, sim. Mas é diferente. Nossa força só depende de nós. De nos organizarmos pra sair e fazer pressão. Buscamos nos lugares que já conhecemos, que se repetem mil vezes.

Olho para um espelho na parede. De um lado tem um lenço verde, do outro um violeta forte e acima uma bandeira de muitas cores que diz: Buscadoras Marrons do Bajo Flores. Buscamos as filhas de outras mulheres.

— Cometerra, tivemos muitos problemas com a Madame também. A polícia a protege.

Penso em Ezequiel, inclino a cabeça e não sei o que dizer. Felizmente alguém bate à porta e Liz vai abri-la.

Quando voltam, são duas. Para minha surpresa, conheço a mulher que vem nos ajudar: é a vendedora do pão. Seu rosto enrugado é o melhor presente do mundo. Ela também fica feliz em me ver e vem até mim para tocar minha testa:

— O que é a morte senão essa coisa dura e triste que foi desenhada no seu rosto? Nós duas sabemos que antes você não era assim.

— Você pode vê-la?

— Vejo muitas coisas em você, mas não sei de qual delas você quer saber.

— Quero saber o que você vê no meu olho cego.

A mulher não fala, sorri. De um saco tira um monte de folhas de ervas com as quais balança a cabeça enquanto murmura uma oração. Em seguida, desce até o peito e as pernas, finalmente batendo nas costas. Ela ainda não me olha nem me toca. Só depois de um tempo é que levanta a vista e diz:

— Nós, velhinhas, vamos ficando todas cegas, mas há coisas que ainda sabemos.

Ela se levanta e se aproxima de mim, pede para eu fechar os olhos e apoia seu ramalhete nas minhas pálpebras.

— Em vez de pensar no seu olho cego, pense no outro. Você ainda vai ver muitas coisas com ele. Mas da magia negra, afaste-o sempre. A Madame é capaz de te machucar muito. Ainda não chegou a hora de enfrentá-la novamente.

Agarra minha cabeça:

— Me ouça, menina, eu sei de algumas coisas. Estou velha. Agora você não pode ficar nesta área porque não vamos conseguir te proteger: a Liz, eu ou seus amigos. Curar-se é como aprender, leva tempo. A Madame não pode te encontrar assim, você vai ter que ir embora até recuperar suas forças.

90

Se eu não tivesse o dom, não precisaria me afastar da Polenta.

Ele vai poder cuidar dela melhor do que ninguém, especialmente melhor do que eu.

Lucas está fumando um cigarro. A fumaça envolve seu corpo e sobe até girar, contaminando sua longa sombra na parede, e depois desaparece.

Não digo nada, mas sei que estou me despedindo pelo menos por um tempo.

Estou na varanda dele, lá fora as estrelas também estão se despedindo de mim. Não vamos mais nos ver da mesma forma, elas vão continuar distantes. Eu gostava de senti-las na ponta dos dedos. Tudo seria muito mais fácil para mim se eu nunca mais voltasse à terra, mas alguém tem de procurá-las.

Lucas termina o cigarro devagar. Deve pensar que temos todo o tempo do mundo, a Polenta também. Nenhum dos dois sabe que talvez não nos vejamos por alguns anos, ou, se algo der errado, nunca mais. Hoje eu gostaria de ser como eles e não saber de nada.

Se eu não tivesse o dom, não teria vindo me despedir secretamente.

Levanto-me para dar um beijo em Lucas. Ele está feliz, faz muito tempo que não passávamos uma tarde como essa. O ar no apartamento ainda cheira a nós. No quarto de Lucas, mais uma vez, pudemos ficar nos abraçando por horas. Tentei gravar esse abraço porque sei que vou precisar levar comigo um pouco do calor das noites com Lucas, pois não vou tê-lo mais.

Está frio lá fora. Tento pensar que tudo corre como de costume, que amanhã volto para buscar a Polenta, que amanhã posso vir andando até aqui.

Lucas me acompanha até o elevador, a Polenta fica raspando a porta com as patinhas até que se acalma, ou somos nós que descemos e nos afastamos, e paramos de ouvi-la.

Se eu não tivesse o dom, poderia ter aceitado as chaves do prédio para voltar quase todos os dias.

O beijo em frente à porta de vidro que dá acesso à rua tem o sabor do último beijo. É um gosto que conheço bem, o de algo que está se perdendo.

Se eu não tivesse o dom, não estaria indo embora.

Sozinha, as mãos e o coração vazios, a alma triste e a cabeça se tornando cada vez mais pesada, como se eu quisesse cravar o corpo aqui para não me afastar, traço um novo caminho. A viagem vai ser longa.

TERCEIRA PARTE

91

Piso em Podestá e a primeira coisa que ouço é um pastor pregando aos gritos na praça da avenida. Ele fala a palavra de Deus com a cabeça baixa, como se não quisesse enfrentar o mundo para o qual mente, e pressiona a Bíblia para tomar coragem. Um punhado de pessoas paradas diante dele ouve hipnotizado.
— Jesus morreu por nós. — E todos baixam a cabeça constrangidos.
Ao lado, duas fotos em preto e branco de meninas desaparecidas presas nas grades vão perdendo a cor sob a intempérie. O preto é uma infinidade de cinzas e o branco amarelado denuncia que ninguém olhou para elas. Tanta gente procurando desesperadamente por Deus, e ninguém por suas filhas.
— Depois que morreu, Jesus subiu ao céu para se sentar ao lado do Pai.
Eu olho para as meninas, quero ver se elas são do bairro ou se as conheço, mas estão quase apagadas.
Em que céu Deus as guardará agora, para que não possam mais machucá-las?
Passo pelo centro da praça e, mesmo deixando o pastor para trás, ainda o ouço:
— O sangue de Cristo foi derramado por nós. Seu sangue foi vertido no chão para nos salvar.
Nunca, em todas as vezes que engoli terra, ela falou comigo de Jesus. Só de meninas como as das xerox.
Não me viro para ver o que os ouvintes estão fazendo porque tanto sangue repetido faz com que me lembre da camisola rosa e sua mancha no meio. Eu o sinto tão perto que poderia tocá-lo. Sigo em frente tentando pensar em outra coisa e, a pou-

cos metros dali, o verde da praça volta a se tingir de vermelho. É um pequeno santuário do Gauchito Gil que não estava lá alguns anos atrás. O ar cheira a cera queimada. Fitas vermelhas, velas acesas já pela metade, tinta derramada como o sangue de Cristo, panos, e no meio o Gaucho, com cinzeiros cheios de cigarros e latas de cerveja oferecidas por seus fiéis para que ele desfrute. Ao longe, o pastor e seus seguidores começam a cantar, não consigo deixar de ouvi-los. Mas aqui, onde está o Gauchito, sei que ninguém nunca cantou. O álcool que lhe oferecem não acaba nas latas de cerveja, muito pelo contrário, é apenas o começo. Abaixo, nas laterais e atrás do altar, há garrafas. Quando as vejo, sinto uma pontada no estômago. Tenho medo de achar alguma vermelha, mas procuro mesmo assim. Uma garrafa marrom de cerveja que deve estar ali há tanto tempo que o rótulo se desfez. Duas garrafas transparentes. Um vinho tinto pela metade e várias caixinhas que nunca foram abertas. Muitas cervejas de litro. Que alívio que nenhuma delas seja vermelha. Fico bem em frente ao altar. Eu também gostaria que o Gauchito cuidasse de mim. Não sei como se faz a oferenda, mas enfio as mãos dentro dos bolsos procurando algo de que ele goste e só encontro notas, algumas moedas e uma bituca que eu tinha deixado meio fumada. Grana ninguém deixou, por isso estendo a mão e dou-lhe meu último baseado. Sobre sua camisa branca, o poncho também é vermelho vivo. Acabei de chegar ao meu bairro e a cor do sangue me persegue até me tirar o fôlego.

92

Nos últimos passos até o portão, meu coração bate forte. Não tem cadeado: assim que eu empurro, ele abre. A grama está muito crescida e há menos plantas. Atrás, a casa está quase toda perdida, só resta um pedaço do terreno porque foram fazendo outras casinhas ao redor. Mas, acima de tudo, a passiflora continua imponente. Suas flores me recebem abertas porque elas sim se lembram de mim. Continuo até minha porta. Alguém deve ter quebrado a fechadura. Da casa do lado vêm os ruídos de uma TV ligada. Não há garrafas.

Estou mais solitária do que nunca, parada sobre a terra que melhor me conhece. Ela sente meu coração disparar e eu tiro meus tênis e as meias. Antes de entrar, piso nela descalça. Nunca houve um lugar para escapar de mim mesma.

93

Foi embora, a Cometerra deu no pé e nos deixou abandonadas com mais de cinquenta consultas. A Tina não fica brava, quase nem esquenta. É que ela também está indo embora, ontem ela me disse que vai atrás dos filhos de qualquer jeito: ou volta com eles ou não volta mais. Só disse a ela para não me dizer isso, e nem ela nem eu voltamos a tocar no assunto, até que eu pedi para ela vir me ver. Não aguento mais, ando de um lado para o outro da casa vendo o colchão vazio da Cometerra. Também não consigo parar de falar: Depois de tudo que fizemos pra ter nosso próprio local de atendimento. Me lamento com a Tina pela vigésima vez. A Cometerra nos abandonou. Miséria, para de drama. Ela tinha que resolver algo importante, assim como eu. Ela é uma menina, está fazendo o melhor que pode. Aqui também ela tem coisas pra resolver. E nós, não somos importantes pra ela? Até que, depois de eu encher tanto a cabeça dela com a mesma coisa, a Tina acaba me dizendo: Bom, se você precisa tanto, vai buscar a Cometerra, como eu, que juntei a liberdade das minhas crianças nota por nota.

A Tina se despede do Pirralho e de mim. Trocamos um abraço que parece que nunca vai acabar. E esperamos o Walter chegar. À tarde, digo assim que ele entra, pensando que ele vai me responder que não: Walter, não podemos ficar de braços cruzados. Sua irmã foi embora, abandonou a gente com mais de cinquenta consultas marcadas. Vamos procurá-la.

O Walter responde que não quer ir buscá-la só por causa dos atendimentos: também não quer deixá-la sozinha nessa. Que a gente vá acompanhá-la, que a ajudemos no que ela estiver envolvida, e aí sim, que a gente volte junto. Escrevo no Instagram da @Cometerra.Vidente que por um tempo as consultas estão suspensas e começamos a nos preparar para voltar a Podestá City. Enquanto eu junto as coisas e o Walter vai colocando nas mochilas, penso que vou levar o Pirralho para minha mãe conhecê-lo, e para convencer a Cometerra a não nos deixar.

Se ela não fizer isso por mim ou pelo irmão, que pelo menos volte pelo Pirralho.

94

Os vizinhos puseram dentro de casa as garrafas do meu jardim, enchendo quase todo o chão da salinha em que eu atendia. Avanço enfiando o pé entre todas elas, afasto-as até deixar um espaço mínimo livre e me sento. Olho em volta e lá a encontro: uma garrafa tão vermelha como uma boca de vidro me pede para vir comer terra de seu gargalo.

Desta vez, tem de haver algo melhor do que escolher uma garrafa enquanto deixo abandonado o resto no chão.

Vê-las todas juntas? Vê-las desaparecer e morrer?

Meu coração não aguenta isso e meu estômago também não. Não conseguiria fazer isso com tantas.

Ou salvar todas elas?

Não posso fazer nenhuma das duas coisas. Mas posso experimentar a terra de todas juntas para que me guie e me responda. Fazer apenas uma tentativa.

Abro as pernas. Escolho uma garrafa e a esvazio pela metade. Pego outra e a viro, fazendo com que caia junto à terra da anterior. Pego outra e outra e outra. É assim que fico por horas: garrafa por garrafa e terra com terra. De vez em quando me levanto para jogar as vazias fora.

Deixo por último a mais amada de todas, a bela garrafa vermelha de Florensia que coroa a maior montanha de terra de toda a minha vida. Também a misturo com a de todas as mulheres juntas.

Quem te traz à vida eu não sei, só vejo quem a tira de você. Pego um punhado e começo a engolir. A terra parece gritar dentro da minha boca. Quando não consigo mais engolir nem um punhado, passo as mãos no resto pedindo desculpas. Minha barriga pesa como nunca. Quero fechar os olhos, mas ouço alguém me chamando da entrada do meu terreno.

95

— Então você está aqui, bruxa mentirosa.

Do lado de fora, a mãe de Florensia parece uma gigante feita de barro. Está mais suja do que eu e também mais irritada. Só me animo a aparecer na soleira da porta da salinha. Assim que me vê, grita:

— Nem se atreva a mentir pra mim de novo, senão você vai ver.

E levanta para me mostrar um vestido de renda branco de Florensia. É seu vestido de comunhão, que agora está arruinado em suas mãos imundas.

E ela o aproxima do rosto. Acho que ela vai beijá-lo ou tentar sentir o cheiro da filha, mas não. Ela abre a boca como se fosse uma cadela raivosa e enfia os dentes nele até conseguir fazer uma ferida no tecido e, com um único puxão, rasga-o em dois. Ela ri, mostrando-me como tinha nos dito centenas de vezes que o diabo deveria rir, e morde o pano até conseguir um novo talho. Rasga desde a abertura a primeira tira, até arrancá-la. Então faz a mesma coisa várias vezes, repetindo tanto o gesto que nada resta do vestido de Florensia, apenas umas tiras minúsculas que ela agarra com uma mão antes de avançar até a porta.

Marta crava os olhos em mim e eu mal consigo deixar os meus abertos porque a terra de todas elas me chama.

Tenho medo de que ela tenha vindo fazer algo comigo, mas não. Estende a mão livre.

— Bruxa mentirosa, me dê aqui.

Ela se agacha na minha frente, vasculhando as garrafas vazias, separando as de gargalo mais largo, para acomodá-las uma ao lado da outra perto de seus pés. Quando termina, levanta-se e me diz de novo:

— Bruxa mentirosa, me dê aqui. — E fica ali esperando.

Demoro um pouco para perceber que ela quer a garrafa vermelha, então entro na salinha de atendimento. Eu a pego e, antes de entregá-la de volta a ela, sacudo-a com raiva até que o último torrão molhado cai. Enfio na boca e depois dou o que ela exige. A mãe de Florensia arranca-a das minhas mãos.

— Veja só que, se quiser, você pode. Bruxa mentirosa. Me diga onde a Florensia está.

Ela se aproxima. Sinto seu hálito de frutas podres.

— E nem pense em mentir desta vez. Onde está minha filha?

Eu desmorono aos seus pés.

Mal descanso as pálpebras, e a terra viva de Florensia mostra-me a toda a velocidade seus ossos adormecidos.

Nem chego a pensar. Meus lábios falam por si mesmos:

— Embaixo do Depósito Panda — digo, e os olhos de Marta se arregalam como buracos de ódio.

— Bruxa de merda.

Tudo dentro dela é escuridão. Antes de sair do meu terreno, também pega as garrafas que havia separado e as leva embora.

Ouço sua voz enquanto ela se afasta pela última vez e me dobro de dor, apertando a barriga. Meu corpo inteiro agora é uma cãibra. A voz desenfreada das mulheres ameaça me partir em duas pelo estômago.

A terra quer me dizer mais algumas coisas. Entro me arrastando. Abro os braços e estendo as mãos para senti-la também na ponta dos dedos. Apoio a cabeça de lado, ofereço-me sem defesas e fecho os olhos.

96

Fazia mil anos que eu não via minha mãe rir assim. Pega o Pirralho e faz um aviãozinho com ele e depois o joga para cima e o agarra. Ela me diz que estou crescida e eu acho que ela está igual, minha mãe de sempre. Deixamos as mochilas de lado e nos sentamos, mas primeiro ela se aproxima do gás, acende-o e põe a chaleira para aquecer. Nós quatro estamos dentro do trailer dela, com aquela chama única e uma lâmpada pendurada no teto. Mesmo que seja tarde, mamãe não está fazendo o jantar. Põe um agasalho, manda a gente esperar cinco minutos e sai. Depois de um tempo, volta com leite, pão e frios. Deixa o agasalho no encosto da cadeira e pega uma cuia de madeira, um copinho plástico e duas bombilhas, prepara um mate tão delicioso quanto só ela consegue e, sem perguntar nada, faz um mate de leite para o Pirralho e o coloca na frente dele. Eu, vovó, diz ela enquanto derrama duas colheres de açúcar, um longo fio de água quente e outro de leite frio. E o Pirralho sorri antes de pegar seu copinho com as duas mãos e começar a sugar. Mamãe faz sanduíches para todos nós. O calor do trailer e do mate fazem com que eu me sinta bem, assim como o cheiro do gás aceso. Não sei se o Walter está acostumado com isso, mas para nós muitas vezes era assim. Em vez de jantar, tomávamos mate cozido com pão ou alguns biscoitos. Mamãe e eu não paramos de falar e perguntar as coisas uma à outra: Quando é o aniversário do Pirralho? Onde estamos morando? Se ele já sabe subir no escorregador, se tem bola e se gosta de ver o trem passar como eu fazia quando era pequena. Mas logo percebo que ela não fala com o Walter ou o inclui na conversa, ela finge que ele não existe. Então pego o mate que ela passa para mim e, em vez de devolver a ela, despejo água quente sobre ele e dou para o Walter. Ele aceita e minha mãe levanta a cabeça para olhá-lo assim que o Pirralho se aproxima do pai. O Walter termina o chimarrão e me devolve vazio. Então se abaixa para fazer o Pirralho se levantar, e minha mãe diz a ele: Seu pai veio aqui procurar vocês antes de sair do bairro. Quando? Já faz uns seis meses que ele não aparece. O Walter e eu nos olhamos e quando escutamos a data, percebemos que ele sumiu daqui justo na época do aniversário do Pirralho. Depois o Ezequiel chegou e fez perguntas. A única que não se deu conta disso é a Cometerra. Minha mãe também não pergunta por ela. Deixa o mate, se levanta e procura o Pirralho para fazê-lo voar alto de novo. O Pirralho fica encantado, depois de um tempo a agarra pelo pescoço e lhe dá um grande abraço como se os dois se conhecessem há muito tempo. Minha mãe olha para mim e para o Walter e diz: Hoje ele dorme comigo, e vocês, antes de desaparecerem de novo, vão ter que me dar o endereço. Meu celular desliga e eu peço para minha mãe colocá-lo para carregar na tomada ao lado da cama, e depois explico que ainda não vamos embora, que pensávamos em passar a noite com ela.

Alguém bate palmas e olhamos para fora para ver quem é: Dona Elisa, venha a senhora também. Ao sair, percebemos que todo o bairro está lá fora. Os vizinhos caminham em silêncio um atrás do outro. O que está acontecendo? Saia, dona Elisa, hoje ninguém fica dentro de casa.

Mamãe carrega o Pirralho nos braços. Começamos a caminhar no ritmo dos outros. Vão com tanta confiança que parecem estar marchando e, embora não saibamos do que se trata, também marchamos. Ouço-os murmurar: A filha da dona Elisa voltou ao bairro. Um casal se aproxima e parabeniza minha mãe porque ela já é avó. Nas esquinas, mais gente está aderindo. Algumas crianças trazem paus e uma senhora muito velhinha me diz que esperou por esse momento a vida toda. Não quero perder, diz minha mãe, mas eu, que preciso saber o que está acontecendo, vou em frente e vejo alguns rostos familiares. Quase todos são mulheres e carregam garrafas vazias. À frente de tudo está a mãe da Florensia. Ele carrega trapos e um galão enorme. Uma vizinha me oferece uma garrafa e eu aceito. Vamos parando várias vezes nos quarteirões, batendo às portas de quem ainda não aderiu. Somos cada vez mais. A mãe da Florensia nos guia.

98

No interior, há luzes que espreitam contra as paredes como cobras alaranjadas. Seu coração amarelo se dilacera em uma chuva de faíscas menores que se enrolam na fumaça preta e dançam até a morte. O vento as espalha enquanto sacodem suas caudas de chicote para golpear a escuridão. Todo o resto é noite. Não há estrelas no céu nem outras luzes na terra. Apenas uma multidão em torno de um depósito em chamas.

Marta corre levando no alto uma de minhas garrafas. Não há mais terra dentro dela, mas restos do vestido de Florensia e querosene.

Marta acende a ponta de uma tira de pano com um isqueiro e corre até soltar a garrafa, que bate e explode as vidraças das janelas, espalhando lá dentro um monte de cobras de fogo.

Por que a terra de todas juntas me trouxe até aqui?

Ao redor do depósito, Podestá inteira acompanha cada explosão com gritos. Nunca vi tantas mulheres juntas. Miséria também veio. Eu deveria estar lá, mas não consigo abrir os olhos. Este depósito maldito me hipnotiza. Sou eu que assisto de olhos fechados como o fogo vai fazê-lo cair.

Será que restou alguém ali dentro?

Há uma chama enorme que é como o punho de todas nós juntas: faz as janelas estalarem, queima madeira e perfura tijolos até que as paredes começam a rachar. Mais cedo ou mais tarde, o telhado vai cair.

Será que restou alguém ali dentro?

É tarde demais para Florensia. Seus ossos dormem mornos, sem perceber nada. Mas olho para as pessoas de meu bairro: centenas de meninas que festejam reunidas em torno do

fogo. Para elas, nunca saberemos quão cedo é para destruir este lugar. Gritam:
 O Depósito Panda nunca mais.
 O velho depósito tem que se render de uma vez por todas. Uma mulher joga uma garrafa. Só quando estoura é que ela afrouxa as mandíbulas e volta a respirar. Outras a imitam. As meninas ladram como cadelas, algumas choram.
 Tento pensar na terra de todas e desta vez não só meu estômago arde, mas a pele de minhas mãos, e até meu olho cego volta a sentir.
 Procuro Miséria novamente entre as meninas do bairro, ela está tão imóvel que parece assustada. Tento me aproximar dela, mas não consigo.
 O Depósito vai cair.
 Será que restou alguém ali dentro?
 A mãe de Florensia entrega uma garrafa a Miséria e aponta para uma janela aberta. Ao fundo, as sirenes da rota começam a ser ouvidas. Miséria aguarda.
 Só agora é que vejo o Pirralho e meu coração quer me matar aos golpes. Ele pega paus com as outras crianças que são maiores do que ele e os aproxima do fogo.
 Toda Podestá está reunida em torno do Depósito Panda, exceto eu.
 A mãe de Florensia entrega suas últimas garrafas e fica com a vermelha. As luzes azuis dos carros patrulhas piscam contra as paredes em chamas. O depósito arde.
 Será que meu velho estava ali dentro?
 Dói-me tanto pensar nisso que afasto a vista do fogo. A mãe de Florensia aperta sua última garrafa no peito. Depois, pega o isqueiro e mostra para todos.
 Os policiais descem de seus carros patrulhas e caminham em direção a ela.

— Malditos, vocês nunca fizeram nada!

— Dispersem-se e abandonem o lugar — responde um tira pelo megafone, e a voz se reproduz como medo no eco da noite.

As mulheres, longe de ir embora, levantam paus e enfrentam a rota. Escuto de novo:

— Dispersem-se e abandonem o lugar. — Mas já nem sei quem está falando. Ou o cana repete suas ordens várias vezes ou sou eu que começo a acordar. Eu me esforço para ver um pouco mais.

Miséria se vira e, com a garrafa acesa, corre a toda a velocidade para o lado dos carros patrulhas. Marta acende sua garrafa e corre atrás dela.

No nevoeiro escuro que já não me permite ver, ouço: o riso assustador de Marta, os gritos das pessoas quando começam a correr e alguns tiros que me deixam surda.

99

A salinha de atendimento é tão pequena que Walter parece enorme. Meu irmão entrou e está me esperando. Não sei o que ele quer, mas antes que possa me dizer alguma coisa, pergunto a ele:

— Você foi?

Ele balança a cabeça e diz que sim.

— E a Miséria?

— Ela tomou um tiro, mas está bem agora.

Volto a ver a camisola e suas florezinhas cor-de-rosa, manchadas de sangue bem no meio, e minha cabeça me espeta como se tivesse uma lâmina dentro. Nem sei que dia é, mas quando ouço falar do tiro, é o suficiente para eu acordar completamente.

Walter me abraça, repete que Miséria vai ficar bem, mas que precisa falar comigo e eu o interrompo:

— Onde atiraram? Na barriga?

Meu irmão diz que sim e eu, em vez de ficar mais preocupada, sinto um alívio enorme. Era o que estava reservado para Miséria.

— Vamos sair — digo a Walter quando fico melhor. Meu irmão me interrompe:

— Você ainda está banhada em terra.

Primeiro sacudo o cabelo, depois a roupa da melhor forma possível e vou lavar o rosto. Não quero nem me olhar no espelho. Me seco com o pano da blusa e saio. Nos sentamos ao sol como quando mamãe estava viva.

— De novo, todo o bairro está falando da nossa família. Desta vez, vão ter assunto pra fofocar por anos.

A passiflora avivou suas flores, que agora se abrem entre laranja e vermelho. Pergunto a Walter se ele se lembra dela e meu irmão me diz que não, que é uma planta nova. As flores brutas ficaram no topo e me olham como sempre ali da copa, mas, ao lado, flores novas que parecem pequenas explosões me sinalizam que a partir de agora, toda vez que eu vir aquele depósito, saberei que é apenas um sonho.

— Vim te buscar porque a Miséria, o Pirralho e eu estamos voltando.

— Walter, eu não quero ir ainda. — Meu irmão para de sorrir. — Tenho que terminar uma coisa que começou aqui há muito tempo.

Meu irmão faz que não com a cabeça e depois tenta me convencer de várias maneiras. Diz que é muito perigoso para mim ficar sozinha, que Miséria vai vir e me levar embora pelos cabelos, que eu não posso me separar do Pirralho e tampouco dele, e que há uma razão pela qual sempre vivemos juntos.

— É verdade — eu digo, e nos abraçamos. — Mas, enquanto eu não terminar isso, nunca vou conseguir ir totalmente embora. Você se lembra quando a professora Ana chegou à escola?

Meu irmão passa a mão em meus cabelos e acaricia minhas costas como quando éramos crianças. Ficamos assim por um tempo até que ele me pergunta:

— Depois vamos nos reunir de novo?

Sei que vou sentir muita falta dele. Nos abraçamos de novo, bem forte, como para que esse abraço dure semanas, e prometo que sim:

— Assim que terminar, vou procurar vocês três. Só preciso de mais uma coisa. Vá até o Lucas e me traga a Polenta.

Um carro freia. É Ezequiel que, depois de estacionar, sai e entra para me dar um beijo, como se em vez de estar cheia de terra eu estivesse de banho tomado e de roupa nova, pronta para sair.

Meu irmão cumprimenta nós dois.

— A gente se fala. E vou trazer a Polenta.

Ezequiel e eu ficamos vendo-o ir embora em silêncio.

— E agora, o que fazemos?

E eu lhe indico meu lugar:

— Você está vendo aquela casa? É preciso limpá-la e fazer uma boa reforma.

Não sei se ele vai se assustar quando entrar para ver o que restou, mas tenho certeza de uma coisa: Ezequiel adora que eu fique perto dele.

100

— Você não vai olhar quem é? — Ana me diz, mas não precisa. Eu sei que é Miséria.

Um pano me sufoca, gruda em meu corpo e sinto que ele umedece. Eu o afasto de mim. Há um corpo quente que me surpreende como um filhotinho ferido e escuto a voz do Walter:

— Ela tomou um tiro.

— Eles usam a mesma camisola pra todo mundo no hospital — interrompe a professora Ana. — Seu irmão já te disse que a Miséria está bem. Não perca seu tempo sonhando com essas coisas.

Quero ver Miséria, mas o tecido rosa a cobre por completo.

— Esqueça isso — Ana volta a dizer, e vira a cabeça para que eu possa olhar apenas para ela.

— Obrigada por ficar por minha causa. Estarei esperando por você na escola.

Ela me beija na testa, sorri e vai se afastando de meu sonho, levando a camisola manchada de Miséria para que eu nunca mais sonhe com ela.

101

    – Estão levando um corpo para o cemitério. Você não vai se mexer nem agora?

    A Cometerra não me ouve, só sonha e fala dormindo: Acabe com isso, Ana, por favor. Você não vai me deixar dormir em paz nem agora? Agarro-lhe o braço para sacudi-la e que se levante de uma vez: Olhe pra mim. Eu não sou a professora Ana. Somos nós, Cometerra, e estamos realmente aqui. Ela acorda e quando vê que sou eu que estou falando, se joga em cima de mim para me encher de beijos. Eu lentamente a empurro para trás porque estou com um curativo na barriga e ainda dói. Saímos para o terreno. Atrás da cerca estão o Walter e o Pirralho que, assim que a vê, corre em sua direção, mas eu o interrompo e o pego no colo. Estamos indo embora, por isso viemos te buscar. Ela abaixa os olhos e responde: Meu lugar é aqui, vão continuar me trazendo garrafas e, além disso, eu tenho que terminar uma coisa. Isso me faz querer tirá-la do terreno pelos cabelos: Cometerra, você pode continuar atendendo em outro lugar. Somos sua família e queremos que você venha conosco. O Pirralho precisa de você, seu irmão e eu, que ainda estou ferida, preciso demais de você. As pessoas ainda escrevem desesperadas pra @Cometerra.Vidente e eu não sei mais o que inventar.

    Ela levanta a vista e fala para nós dois: Vocês sempre serão minha família, mas aqui é minha terra. Fico com raiva, não consigo acreditar que nem pelo Pirralho ela volte com a gente: Sua terra é o lugar onde você fica com os seus. Cometerra, por favor, não podemos ir embora sem você. Olho para ela e faço força, apertando o queixo, para não chorar na frente do meu filho. O Walter não pisa aqui hoje. Ele já tomou uma decisão, e parece que sua irmã também: Minha terra é este lugar onde nasci duas vezes. Agora sou eu que abaixo a cabeça. Não consigo encontrar o que dizer, mas continuo escutando-a: Fique em paz, Miséria. Sua terra é onde você pariu seu filho e ele ainda depende de você. Diz isso apontando para o Pirralho, que fica me empurrando para baixá-lo ao chão. Olhamos uma para a outra. Seus olhos se dirigem ao curativo que envolve minhas costelas e um pouco mais abaixo, o estômago. Pela primeira vez em todos esses anos que compartilhamos, permaneço em silêncio e sinto as lágrimas que vão me escapando aos poucos. A Cometerra tenta me consolar: Vamos nos ver de novo, Miséria. Enxugue essas lágrimas e fique tranquila, o Pirralho vai se assustar. Abaixo o Pirralho; ele fica agarrado à minha perna e estende a mãozinha em direção a ela, que continua falando comigo: Nunca te vi chorar antes, Miséria, no meu coração você só sabe rir. Não chore mais. Enxugo as lágrimas e pego meu filho de novo. Penso em quantos anos o Pirralho vai ter quando voltarmos a ficar juntas, mas não digo nada. Tento sorrir para ela e nós três damos um último beijo e um grande abraço. E antes de ir embora, minha voz sai fraquinha: Cometerra, aqui desaparece gente o tempo todo. Aqui, seu dom vale ouro.

102

Eu escolhi.

Escolhi seguir com a terra, porque é a única coisa que eu pude escolher na vida.

Escolhi ficar na casa para ser a que recebe cada garrafa.

Escolhi procurar os que nos faltam.

Escolhi perseguir até o fim aqueles que assassinaram a professora Ana.

Só porque a terra escolheu a mim.

Agradecimentos

Um agradecimento eterno e enorme às Mães e Avós da Plaza de Mayo, porque elas nos ensinaram que continuar procurando é uma forma de luta.
E também aos que não renunciam à memória até a última batida do coração.

Muito obrigada a mis filhes, Benjamín, Ariadne, Valen, Eva, Reina, Ezequiel e Ashanti, porque essas páginas têm muito de todes elus.
Obrigada a minhas amigas Selva e Yani, por estarem sempre comigo; e a Ana, que me acompanhou ao mercado de Liniers um milhão de vezes.
Gratidão total aos meus amigos da Ágora Mag(n)a, eu os amo infinitamente, tanto aqueles que estão acima da terra quanto abaixo dela.
Muito obrigada a Vera Giaconi, que me guiou no início, a Dana Madera e a todos que me acompanharam de uma forma ou de outra para que este livro nascesse.
E a todas as parteiras e doulas que fazem do mundo um lugar mais bonito.

Este livro foi composto em Fairfield LT Std no papel
Pólen Natural para a Editora Moinhos enquanto
Alice Coltrane tocava *Turiya And Ramakrishna*.

*

Na Antártica, o branco dava espaço ao verde,
uma consequência da nossa destruição.